ずっと一緒にいたいから

妻は3度目の移植にいどんだ——C型肝炎との22年にわたる闘い

井戸雅浩 著

はる書房

＊目次

二章　希望とともに　61

三章　「異国」での闘い　107

序章

誓い

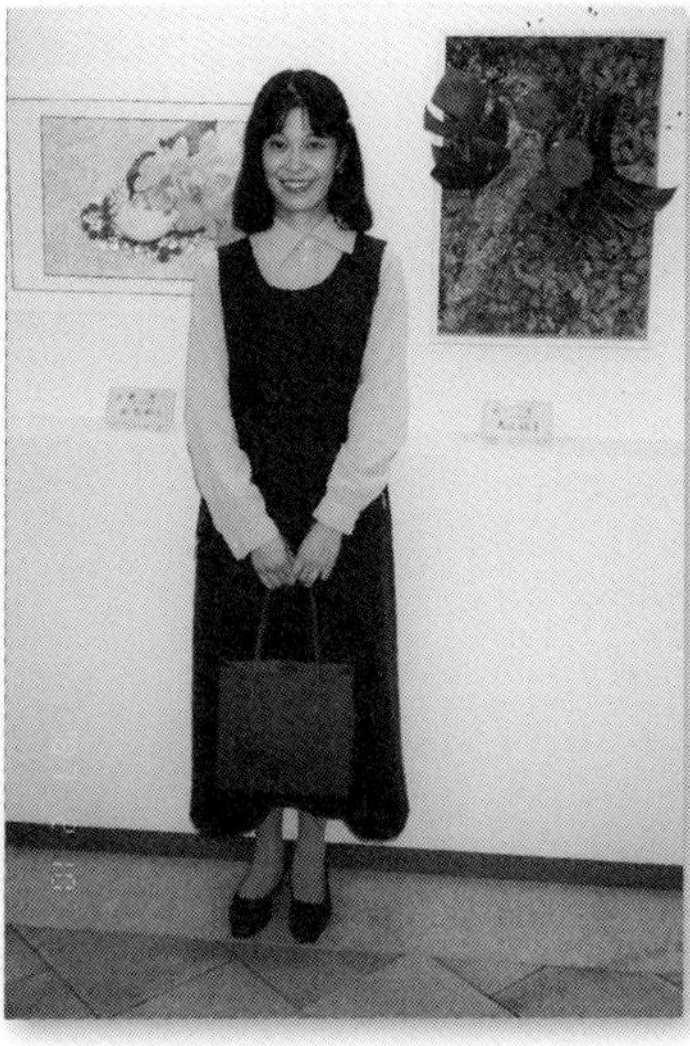

（章扉）白血病を発症する前の俊子（1987 年頃）

俊子との出逢いは、阪神・淡路大震災の1年前（1994年）、知人の紹介だった。「かわいい人だなー。本当にこの人付き合っている人いないのかな？　不思議だなぁ」。こんな印象をもったことを今でもよく覚えている。後々聞かされることになるが、反対に、俊子は私について「愛想のない恐い人」としか思わなかったという。しかし、私自身も30歳と結婚を意識する年齢になっていたため慎重になっていたのと、周りがほとんど独身だったこともあり、正直、男友達と騒いでいるほうが楽しかった。

そうこうするうち、しばらく連絡することもなく月日だけが過ぎていった。

再度、紹介してくれた知人から、「4人でドライブでも行きましょう」との誘いがあり、特に断る理由もなく、車2台で鳥取方面へと出かけた。もともと、しゃべるのが苦にならない私にとって神戸―鳥取のドライブの時間は、たわいもない話を一方的にし続けていた。

その日の帰り、俊子は重い口調で、自分自身の今までの病気について話し始めた。

「今から7年前のちょうど二十歳の時、私は急性骨髄性白血病《きゅうせいこつずいせいはっけつびょう》を発症しました。当時中学生だった妹がこのときドナーとなってくれて骨髄移植を受けることができました。それから1年半ほど闘病生活を送りましたが、今は容体も安定し元気に過ごしています。

ただ、その時に服用した『ステロイド』という強い薬の副作用の影響で、左の大腿部《だいたいぶ》が壊死《えし》してしまい、人工骨頭《じんこうこっとう》が入っています。まだあります。おそらくその時の治療で受けた輸血が原因と考えられるC型の肝炎ウイルスにも感染しています」

覚悟を決めたように次から次へと話しだした。聞いている私には医学的な知識はまったくなく、「白血病と言えば血が止まらなくなる病気?」くらいしか思いつかない中、黙って耳を傾けた。一通り話し終わった後、最後に「こんな私ですが、井戸さんがよければ、またお会いしましょう」。そう告げて別れた。

このまま、病気のことを黙って逢い続けても、お互いのためによくないと思い、早いうちに包み隠さず話したほうがいいとの判断をしたにちがいない。

私は翌日、医学書を求め、白血病についての資料を読み漁《あさ》り、どういう病で、今後起こる可能性などを重点的に調べてみた。そこには、日本国内に止まらず世界的に骨髄移植を受けてから5年間再発が起こらなかった場合、再び発症したという事実は現時点で報告されていないと書かれていた。

ただ、全身に浴びた放射線のために（1988年の時点での白血病治療では）子どもができる可能性は極めて低いとも書かれていた。

長男である私が、そのことをわかったうえで付き合うということは……。親の顔が浮かんできた。C型肝炎のこともあったが、この時はどちらかというと白血病のほうが気になっていた。

「この人を守ってあげたい」

この事実をどう受け入れるべきか。あるいは、俊子との交際そのものをあきらめるか、果たしてあきらめられるのか。思いが揺れ動く中、時間だけが過ぎていった。

この件を解決せずして逢い続けることは、彼女に期待をもたせることになるかもしれない。はっきりしなければ、お互いのためによくないのはわかっていた。だが、私はもう少し俊子自身のことも知りたいという気持ちもあった。

しばらくして俊子から、社内便で手紙が届いた。ドライブのお礼と、病気の話をしたことを詫びるものだった。答えが出ないまま、何度か逢った。お互いに答えを避けて、病気の話題に触れないように逢い続けていたが、気づいたときにはお互いの存在が目の前にあった。このままではいけない。決断をしなくては。自問自答を繰り返しても答えは出ない。どんどん追い込まれて行った。

そして答えが出た。

「この人を守っていってあげよう」と……。

付き合いが始まり、この頃から俊子は、私に迷惑がかからないようにと、C型肝炎ウイルスの完全治癒《ちゆ》の治療を試みだした。当時は、インターフェロンのみの治療ではあったが、ウイルスの型次第で、若干の効果は期待できた。

病棟を訪ねたときに、俊子から出てきた言葉が今でも脳裏に残っている。

よく写真を撮った。これは付き合い始めた頃の、信州での１枚

「あなたと出逢わなかったら、治療なんかするつもりはなかった。副作用も出るし、前の病気で薬はイヤ。しんどいのもイヤ。けれど、出逢って一日も長く生きて、一緒にいたいから」

残念ながらこの時の治療で俊子のC型肝炎ウイルスは排除されず無念の退院となった。まだこの時点でC型肝炎ウイルスの恐ろしさを私は知らなかった。残念な結果に落ち込む暇もなく、退院した翌週の火曜日の朝、歴史に残る激震が政令指定都市神戸を襲った。阪神・淡路大震災である。

新婚生活がスタート

私は、俊子との結婚を正直悩んでいた。

両親をうまく説得できるだろうか？　不安であった。親の立場では、わざわざ苦労をすることがわかっている結婚なんて、認めてくれるはずがない。返ってくる言葉は自ずから想像できた。しかし、正直に、包み隠さずすべてを話した。話し終わった後、両親は言葉を失っていた。

しばらくして、父が「どうして……」とつぶやいた。私は何も言えなかった。

「俺たちのことはいい。お前は本当にやっていけるのか？　人生、先は誰にもわからない。けれど、お前は進んで苦労をしようとしているのを理解しているんだな？　それがわかって覚悟のうえであれば、お前を信じる。お前が決めろ。お前の人生や。お前が判断しろ」

その言葉を残し、部屋を出ていった。母親も父を追うように部屋を出ていった。

それからも交際は続いた。結婚に対して、自分自身に「一時の感情に流されていないか？　大丈夫か？　本当にやっていけるのかお前は？」と自問自答することもあった。

そして私たちは結婚した。阪神・淡路大震災の翌年であった。私33歳、俊子29歳であった。

神戸市内はまだまだ被災されている人たちがおられ、仮設住宅で生活をされている人も多く、とても市内で住居を探せる状況ではなかった。私たちの生活は神戸から少し奥へ入った三田《さんだ》市内でスタートした。

当時の私は、仕事が終わっても寄り道をするタイプで、家へ帰るのは寝に帰るだけ、週末は友人と遊びに出て騒いで遅くに帰って来る。週末一緒に買い物に出かけることなど考えもしない。

たまに出かけたとしても、顔に出ていたのか、「本当に義務的やね。今日、凌《しの》いだらしばらく遊びにいけると思ってるんでしょう」。そう俊子が言うぐらい外へ気持ちが向いていた。まさに図星であった。また、これが普通だと思ってもいた。

俊子は通院でC型肝炎の治療を続けていたが、震災の影響は大きく、1年ほど経ってもポートアイランドにある神戸市立医療センター中央市民病院への通院は難しかった。そのため交通網が復旧するまで、しばらくのあいだ西神中央病院に通院を替えてもらうことになった。

すべてのはじまり

その後も私の中では、買い物に付き合うのも夫の義務の一つと、割り切って対応していた。一方、そんな私たちにも共通の趣味があった。

二人ともとても山が好きで、好きと言ってもピクニック程度ではあるが、山頂で景色を見渡しながら、おにぎりを頬張る。その味の格別なことと言ったら！　それを楽しみに、また、結婚前から毎年秋口に信州へ旅行することが年に一度の大イベント、新婚旅行も富士山から信州へと山ばかりを巡っていた。それでも飽きなかった。秋口以外は、近場の山を散策する。結婚して、やはり子どもには恵まれなかったが、それなりに幸せな充実した生活を送っていた。

しかし、このときすでに悪夢が目の前に迫っていようとは——。

年に１度の大イベントだった信州への旅行

命の存在

結婚して4年（1999年）。神戸市内の住宅事情もよくなってきたのを機に、通院の距離も考え住まいを神戸市内に移した。いつも通り出勤していた私の携帯電話が鳴った。俊子からだった。

——仕事中は電話など掛けてきたことのない俊子がなぜ？

電話に出ると、「すぐ、帰ってきて！」と苦しそうな声だった。真っ先に自宅へ戻った私は、愕然《がくぜん》とした。台所、絨毯《じゅうたん》が血だらけだったのだ。

吐血《とけつ》をしていた。すぐさま神戸市立医療センター中央市民病院へ向かい、緊急治療。消化器内科の医師より「食道静脈瘤《しょくどうじょうみゃくりゅう》破裂《はれつ》、C型肝炎ウイルスによる肝硬変《かんこうへん》」と診断された。ファイバースコープによる止血処置で何とか一命を取り留めた。

食道の中の映像を見ると、破裂した以外の血管にも逆流が見られ、食道の中はでこぼこの状態。2回目の破裂がいつ起こってもおかしくない状況が確認された。この時、俊子は34歳であった。肝臓が弱ってくると様々な箇所に影響が出てくることを知らされた。また、C型肝炎ウイルスの恐ろしさを知らされた瞬間だった。

――定期的に検査を行っていたにもかかわらずこの事態、なぜ？

転院していた先の病院のドクターからは何も聞かされていなかった。

――転院した先の病院が失敗したか？　しかし、もう遅い。手遅れだ。

この件より通院を再び神戸市立医療センター中央市民病院へと戻した。すでにC型肝炎ウイルスによる肝硬変となっていたため、インターフェロン投与による治療は間に合わず、いかに進行を抑えるか、守りにシフトしていく方向しか残されてはいなかった。

少しでも無理をすると、疲れはもちろんのこと、新たにむくみの症状が現れだした。肝臓が弱っているために、代謝しきれず体内に水が溜《た》まる症状である。そこで、定期的な消化器内科の受診が始まった。何度か入院もした。

しかし投薬の効果は見られず、エコー検査で腹水《ふくすい》の状況を調べながら利尿剤《りにょうざい》を増やすなど、処置を施すものの、一向にむくみは解消せず、ひどくなる一方。ドクターの見解も、肝機能の低下が相当な速さで進んでいる、少し様子を見ましょう、とのことで退院となった。

食欲はあるものの、むくみは依然として解消されなかった。退院から約5ヶ月ほど経った2002年8月16日の早朝、悲劇は起きた。

急に俊子が苦しみだし、その様子は尋常《じんじょう》ではなかった。あまりの苦しがり方に救急車を呼ぼうとしていると、「痛い、どうにかして！」。

あわてて駆け寄った瞬間、私は目を疑った。何と！　胎児《たいじ》の頭が出てきていた。

「えー？　何でや！　どういうことや！」

驚きは半端ではなかったが、とにかく無事に出さなくては——。

「もう少しや。頑張れ」、胎児が3分の1ほど出たとき、一気に滑るように出てきた。しかし、その児《こ》はさすっても叩《たた》いても反応がない。

すぐさま救急車で病院へ向かい、何が何だかさっぱりわからないまま、処置が終わるのを待っていた。そして死産《しざん》を告げられた。胎児は2千グラムを超えて、9ヶ月目だったそうだ。

医師の思い込みが招いた結果

主治医からは以前、白血病の治療で放射線を浴びているため、子どもは産めないと告げられていた。そしてお腹や足のむくみがひどくなった原因を肝機能の低下から生じる腹水と判断し、利尿剤の量を増やし続けていた。その挙句《あげく》の死産。

医師の思い込みによる明らかな誤診《ごしん》だと確信した。当の本人は、なぜ気づかなかったのか、気づいてあげられなかったのか、と自分を責め続けていたが、今となっては、ただただ我が子に申し訳ない気持ちしかない。

この件で病院側と話し合うことになった。私は、病院関係者の前で怒りをぶちまけた。

「患者には、医師の言葉が絶対的なんですよ。本人の意思をも覆《くつが》えすほど医師の発言は重たく大きいんですよ。医者というのは我々凡人とは違う。頭脳明晰《ずのうめいせき》の方と、一目置いていましたけど、違いますね。大したことはないですね。

患者が頭が痛いと言えば頭を検査する。お腹が痛いと言えばお腹を診《み》る。医者というものはその程度か？　頭が痛いと言えば、お腹が痛いと言えば、その痛い原因がどこから来ているのかを探すのが医師の仕事と違うんですか？　私の考えは何か間違っているか⁉　意見があるのなら言ってくれ」

病院側からの答えはなかった。

今回の件については弁護士にも相談をした。しかし、裁判を起こしたところで子どもが戻るわけでもなく、生きている俊子の治療を優先すべきとあきらめた。

難しい病を抱える俊子が転院することも難しく、病院側に貸しを作って、猛省《もうせい》を求めつつ、今後よりいっそう慎重に治療を続けてもらうのが最善の策と判断した。あまりにも辛い、悔しい決断だった。

唯一の救いは産科のドクターが腹部エコーの映像を見て、「間違いなく羊水《ようすい》ですね、たいへん残念なことです」と会議の席上で涙して言ってくれたことである。

一章

妻への生体肝移植

（章扉）三田の新婚宅にて（1997 年 9 月）

病院側から消化器内科のドクターの交代を促されたが、俊子はあえて誤診をしたドクターを再び主治医に指名した。そして、その主治医のもと肝硬変の定期的な検査、治療はそれからも続いた。

２００３年4月、私は主治医に呼び出しを受けた。そこで俊子の肝臓に癌《がん》ができていると告げられた。早速治療を始め、このときは、ラジオ波、抗がん剤、エタノール療法で幸いにも癌は消滅した。しかし、そのとき主治医は、「確実に再発します。再発したら、肝臓を移植するしか助けられる方法はない」と言い切った。

私は主治医の話をきっかけに「肝臓によくないことは避けよう」と、毎晩飲んでいた酒を止めた。食事のバランスも考え、ベストコンディションでいることに努めた。自分が生体部分肝移植のドナーになるために。

この時、肝臓移植の場合、最低でも2千～3千万円の費用がかかるとされていたように記憶している。保険の適用も一部されているようだったが、詳しいことはわからなかった。それより何より、私の中では、自分自身の肝臓をいつでも提供できるようにしておくことを最優先とし、費用のことでの深追いは止めた。

肝臓癌の再発

肝臓癌の治療から約2年――。

定期的な治療、検査を行っていたにもかかわらず、ついにこの日を迎えてしまった。いつも通り外来に行った俊子との会話もぎこちなく、不安がよぎった。予想通り、次の外来で入院となった。通院はあったものの、容体も安定していたので数年振りにではあるが小旅行をしようと二人で盛り上がっていた矢先のことだった。

主治医から肝臓癌の再発を告げられた。今の状態では部分切除、ラジオ波、抗がん剤、エタノール療法といった従来の治療法に対して肝臓が持ち堪《こた》えるとは考えにくく、唯一の選択肢は、肝臓移植しかないという。

「やっぱり……。とうとう来たか……」

予感は的中していた。しかし、移植手術となると状況は変わる。俊子の病歴を把握しているのは今の病院だが、移植となれば実績のある京都大学医学部附属病院（以下、京都大学病院）に転院しかないと思った。

この時点で、条件次第で生体部分肝移植（以下、生体肝移植）に保険が適応されることは知っていたが、保険適用になるには様々な条件をクリアしなければならなかった。それが私たちに適用されるかどうかまではわからなかった。

具体的に話を聞いていくうちに、俊子の肝臓の状態であっても、保険適用の可能性があることがわかった。また、主治医から一部保険適用が法律で認められたため（２００４年1月1日より健康保険の対象となる疾患が大幅に拡大され、このときに肝硬変に伴う肝癌についても適用の基準が設けられた）、「自治体で初めて生体肝移植の手術を当院でも行うようになりました。今年（２００５年）の3月から月に1回、生体肝移植の手術が始まりました」と言われたが、今は4月、あまりにも実績がなさ過ぎる。私の気持ちはすでに京都へと向かっていた。

ドナー情報の乏しさ

保険が適用される可能性があることは救いでもあった。神戸市立医療センター中央市民病院で移植手術を行うかどうかは別として、「移植医療」というものへの知識のなかった私たちは、「話だけでも」と聞くことにした。

移植外科のドクターが病棟へ来られた。説明は2時間ほどかかった。早速、家へ帰りインターネットで生体肝移植について調べてみた。

このときに感じたことは、レシピエント(臓器をもらう側)に関する情報も豊富とはいえないが、それよりもドナー(臓器を提供する側)の情報はまったくと言っていいほどないということだった。手術後の状態など、提供した側の情報量のあまりの少なさに驚いた。

疑問も多々出てきたので、もう一度移植外科の小倉靖弘ドクターにアポイントメントを取った。

私は小倉ドクターに、歴史の浅い医療とはいえ、すでに何千件もの症例数があるにもかかわらず、データがあまりに乏しいことを指摘した。すると小倉ドクターは「確かにその通りです。特に、ドナーのデータはまったくと言っていいほどありません。そしてデータを収集していこうという動きはいま現在もないのです」と淡々と答えた。

私は小倉ドクターが話し終わるのを待てずに「なぜなんですか？　そんな状態で、移植医療は発展していくんですか？　単に『善意』という括《くく》りだけですべてが終わるんですか？　先生に詰め寄っても仕方がありませんが、これでは提供する側も不安ですね」と、つい語気を荒げた。

しかし、小倉ドクターはそんな私に冷静に、「私の経験や知っていることでしたらお話しできますから」と言い、さらに話は進んでいった。そして最後に、「この話をご家族にされましたか？　移植医療は特にご家族の支えが必要となります。一度私たちの移植医療チームと、ご家族とでお話をさせていただいたほうがよいと思います」と言った。

確かに、ずっとためらっていたこの時がついに来たと思った。健康に産んで育ててくれた身体にメスを入れることを申し訳なく思っていた。親として当然嫌がるだろうし、手術後、何の問題も起こらないという保証はない。しかもデータもほとんどないなどと言えるはずもない。

そんなことを考えながら、実家へと向かった。行きたくないときほど、いつもより早く着いてしまうのか。途中の渋滞も妙に心地よいと思える。しばらく車内で気持ちを落ち着け、そして腹をくくった。

実家の両親に報告

実家へ行ったのは、正月の挨拶以来だった。俊子の入院はすでに知らせてあった。着くとすぐ、母が「何か飲む？」と聞いてきた。我が家は大事な話はまず父親へ報告するという、昔ながらの家庭である。母親は台所へ戻ろうとしたが、「母さんも、話を聞いてくれ」と呼び止めた。

そして、両親にありのままを話した。話が終わった後、しばらく沈黙が続いた。父が口火を切った。「そんなにひどかったのか……。俺たちのことは気にしなくていい。お前が考えてお前たち夫婦で判断すればいい」

私がすでに答えを出しているのを察してか、反対もせず、これからの動きを聞いてきた。そして、私は、移植医療チームとの話し合いに参加してほしいと伝えた。4月初旬のことであった。

この話の数日後、私の件が原因なのか？　母親は体調を崩し入院することになってしまった。

ドナー候補は二人

一度目の移植医療チームとの話は、ドクターは小倉ドクターのほか山田貴子ドクターの二人、家族側5人で、俊子は安静の必要があったため、この中には含まれなかった。

ドナー候補を決めるに当たり、様々な条件が出された。病歴、親等《しんとう》（レシピエントとの関係）、年齢、手術後の体力等、そして最終的に残ったのは、俊子の妹（里美）と私の二人だった。小倉ドクターから「早急に、二人の検査を行い、どちらかに決定する必要があります」と告げられた。

しかし、この日出席していた義理の妹夫婦にとっては寝耳に水のような展開だ。条件を満たしたから候補のひとりとなりました、といきなり言われても困ったにちがいない。この話の後、妹夫婦から「時間をください」との申し出があった。当然のことと思った。

翌日、妹の夫（義弟）より連絡が入った。「ドナーの候補にしてもらって結構です」。ありがたい言葉ではあったが、申し訳ない気持ちで一杯だった。早速、私たち二人はドナーを決定するため、「MRI／CT／エコー／レントゲン／採血／心電図／肺検査」と、短期間で様々な検査を受けていった。

そして、いよいよドナーを決定する日を迎えた。

ドクターの部屋へ行く前に、私は妹夫婦を呼び止めた。「もし、ドナーになったとき、本当にそれでいいんやな？　脅《おど》すつもりはないけれど、手術後の保証はないよ。それでもいいんやね？」

「わかっています。大丈夫です」

もし義妹に何かあったとき、ご主人にどう償えばいいのか複雑な気持ちで一杯であった。

しかし、私はもう一度、義妹に確認をした。ドクターがあなたを指名したときは、話を進めていって本当にいいんやね？

「本当にいいんやね？」

「はい。井戸さんにとっては妻を助けたい、私にとっては、お姉ちゃんを助けてあげたい、その違いだけですから。お姉ちゃんとは一緒に年を取っていきたい」。義弟もそれで構わないと言ってくれた。

「……わかりました。本当にありがとう」

こんな短いやりとりの後、遅れてドクターたちの待つ部屋へ入っていった。私たち以外は、すでに席に着いていた。このときドクターは一人増えていた。

ドナー決定そして田中ドクターとの出逢い

部屋へ入ると、壁には二人の肝臓の画像が写っていた。ドクター側はすでに結論を持っていた。しかし、順を追って説明をしてくれた。

一人増えたドクターの存在が、妙に大きく思え、説明の途中で補足をしてくれた。そして、一通りの説明が終わるとドナー決定の話になった。

「肝臓の大きさ、肝臓の形、切除していく過程での肝臓内の血管の通り方、その他の検査も総合的に判断し、ドナーは、ご主人と考えます」

同席していた父親には本当に申し訳ないと思ったが、私には、とてもありがたい言葉であった。「わかりました。よろしくお願いします」

——よかったー、義妹の名前が出なくて……。

肩の荷が降りた瞬間でもあった。

早速、手術の日程についての話へと進んでいった。小倉ドクターより、月1回のペースで、すでに4人予定されているため、早くても10月から12月くらいになるだろうという話だった。

私には移植医療というものは、率直に言えば「賭け」である。「賭け」ならば当然確率の高いところを求める。まだこの段階で、この病院で手術を行うかどうかの決心はつけていなかった。というのも、どうしても京都大学病院へ転院する希望を捨て切れなかったからである。

私はその思いを失礼を承知でドクターたちの前で打ち明けた。すると、今日ひとり増えたドクターから思いもしない言葉が返ってきた。

「私たち3人は、これまで京都大学病院で移植医療に従事していた医師たちです。このメンバーなら、ここ神戸市で自治体初の試みではあるが、どこの大学病院にも負けることのないスタッフです。安心してください」

まったくの驚きである。まさに急転直下であった。そして、今日ひとり増えたドクターが、生体肝移植の先駆者、前京都大学病院病院長の田中紘一ドクターであったのだ。

そんなメンバーならと、一人ひとりの先生に、「よろしくお願いします」と頭を下げ、この病院で手術を行う決心をした。２００５年4月下旬のことであった。

保険適用のケースに

早速、俊子の検査が始まった。

幸いにも条件が整えば、保険の適用が可能になる。もちろんそれに越したことはないが、ダメでも腹は決まっていた。

とはいえ、2千万から3千万円という金額は、私にとっては破格である。住宅ローンの返済のような期間もないため、正直苦しいが「俊子を助ける」と決めたからには「何とかせねば」という思いだけだった。

大病をした俊子は、生命保険の対象から除外されてもいた。また、今回かかる私の入院費用も保険会社からは、本人による病気、けが、入院ではないので対象外、と言われた。唯一の救いは、いずれこのような事態になるであろうと、どこからも借り入れをしていなかったことだけである。

俊子の検査も終わり、呼び出しを受けたときには、主治医は消化器内科から移植外科の小倉ドクターに替わっていた。小倉ドクターから、「井戸さんのケースは保険適用の対象になります」と報告された。とても大きなハードルを一つ越えることができた。

しかし、喜んでばかりもいられない。小倉ドクターは、早く手術をしなければ癌の転移《てんい》の恐れがあるという。

今は4月末、10月や12月の時点では癌の大きさや個数が変化している可能性もある。手術直前の検査で、「やっぱり保険適用から外れました」といったことにもなり兼ねないのだ――保険適用の対象は、ミラノ・クライテリア「（転移と血管侵襲《しんしゅう》が認められない状態で）3センチ以下の肝細胞癌の個数が3個まで、もしくは1個であれば5センチ以下」という基準に基づいていた。

――なぜ今検査が必要なのか？　もっと近くになってからでいいのでは？

そんな私の疑問を察してか、小倉ドクターは「手術は6月末に考えています」と告げた。

「えっ?!」。耳を疑った。10月から12月の間と言っていたではないか。それが6月に早まるとは。

「ですが、先日すでに4人待機されていると話されていましたよね?!」。納得できず小倉ドクターに詰め寄った。

「井戸さんの場合、緊急を要するんです」

「……そんなに危ないんですか?」

「危険です。いつどうなってもおかしくない状態です」

愕然とした。気持ちの整理がつかない。しかし、「わかりました。何とかします。よろしくお願いします」。私はこう言葉を返すので精一杯だった。

私は「会社への報告をいつ行おうか」「資金繰りはどうしようか」と自問自答を繰り返した。

会社を休職すると、収入がなくなる。それでも医療費の請求はくる。貯えもそれほどない私は改めて俊子の実家を訪れた。そこで、状況を説明した。ドナー決定のときに、義理の父親も出席し、すでに移植手術の方向へ進んでいるのは知っていたため、早速本題へと入っていった。

「できるかぎりのことはします。全力を尽くしますが、手術はやってみないと何とも言えません。手術後もし私自身の身体に何か起こったとき、ご迷惑をお掛けするかもしれませんが、何とか協力していただきたい」

残念ながら、こちらが期待するような答えは得られなかった。むしろ、どちらかと言うと否定的ととれる言葉が返ってきた。

――なぜ？　我が子のことなのに……

やり切れない思いで一杯になった。しかし、落ち込んでいる暇はなかった。手術まであと数日、もう猶予はなかった。

この件をきっかけに、これ以降は俊子と二人で解決策を見つける決心をしたのである。

いざ、生体肝移植手術へ

私は、手術日の二日前に入院となった。すでに検査は入院前に終わっていたために精神科の受診を残すのみとなっていた。ひとつ気がかりな件がいまだ解決されないままの入院となった。

精神科のドクターから今の心境を聞かれ、気になっていることを率直に伝えた。

「もし私に何かあったとき、医療費の支払いが気になります」

「そうですか……。それでは、手術に対しての不安はどうですか？」

「ないと言えば嘘になりますけど、考えても仕方がないでしょう。あとは運命ですよ」

「非常に現実的な方ですね」

「そうですか？　それこそ〝俎板《まないた》の上《うえ》の鯉《こい》〟の心境ですよ」と、私は笑いながら答えた。

「人によっては、移植手術は無理と判断せざるをえない方もいらっしゃいますけど。わかりました、問題ありませんね。井戸さん、明日、頑張りましょう」

精神科ドクターの問診、心理状態を調べる用紙の記載も終わり、いよいよ手術当日の朝を迎えるのみとなった。夜になって、看護師から病棟に俊子が来ていると告げられた。俊子が私のいる西病棟に訪ねてきたのだ。

「どうしたん、こんな時間に？」。私が言うと、「本当にいいの？」と、俊子が聞いてきた。

「何が？　何を言っているんや。不安になっているんか？」

「ごめんね……」

「何を気にしているんや、そんなことより、頑張って元気になろうな。余計なことは考えず今日は早く寝よう。いいな」。私が念を押すと、俊子は「わかった」と、自分の病室へ戻っていった。

6月24日、移植手術当日朝、晴天であった。私のいる病棟の窓からは神戸空港の工事の光景が目に入った。しばらく外を眺めながら、ほとんどの人は今日という日をごく普通に迎えているにちがいない、とそんな思いにふけっているところに、田中ドクターが現れた。

「井戸さん、気分はどうですか?」

「おかげさまで、特に変わりはないですね」

「ご心配なく、大丈夫ですよ」と言う田中ドクターに、私は「女房をよろしくお願いします」と伝えた。田中ドクターは緊張している私の手を握って、「大丈夫ですよ」と言って笑みを浮かべ、病棟を出ていった。

その後、義妹夫婦も病棟に来てくれた。義妹は私がドナーになったことを気にしてくれているようだった。

私は西病棟、俊子は南病棟からそれぞれ手術室へと向かった。8階西病棟の看護師がストレッチャーで運ばれる私を見て、「頑張ってくださいね」と励ましてくれた。

4階手術室の待機場所は、私たち以外にも、その日手術を予定した患者たちで混雑していた。俊子の乗ったストレッチャーが横に来た。

「おはよう」と私が言うと、俊子も「おはよう」と答えた。

「気分はどう?」

「大丈夫よ」

「頑張ろうな。元気になろな」

「うん」

短い会話のやりとりではあったが、落ち着いている様子に安心した。私の乗ったストレッチャーが先に動きだした。

手術室に入ると、すぐに麻酔処置が始まった。3、4回注射をされたがポイントを外していたのか、その都度「痛い！　そこは骨とちゃうか？」と私。「えっ、ずれてますか？」「ずれてるかどうかはわからんよ」と、そんなやり取りを行った後、次に私が気づいたときには、すでに手術も終わり、ICU（集中治療室）へ運ばれている途中だった。ICUでは身内が待っていてくれた。「大丈夫か？」という声がかすかに耳に入ってきた。「大丈夫」と答えるのが精一杯であった。激痛が私を襲っていた。この時、すでに麻酔は切れていた。

――痛い！　呼吸するのも苦しい。深呼吸したいけどできない。熱い！　痛い！　苦しい！

完全に身体がコントロールを失っていた。ICUに入ったのは、午後6時頃。私が約9

時間で終了、俊子はまだ手術中だった。午後9時過ぎ、俊子も手術が終わりＩＣＵへ移ったと看護師から情報が入った。

「成功ですか？」との問いかけに、看護師は「大丈夫ですよ」と答えてくれた。「やってよかった」と安堵《あんど》して目を閉じた。

空洞化したお腹に違和感

ＩＣＵで俊子と逢うことはなかった。私は翌朝早々、看護師より一般病棟への移動を告げられた。麻酔も切れ激痛がまだ治まらないうちの移動に困惑もしたが、『俺は病気じゃないから仕方がない、翌日にここを出られるのは順調ということなんやろう』と自分に言い聞かせ耐えた。というより耐えるしかなかった。

一般病棟に移った矢先だった。看護師から「歩きましょう」と言われ、私は思わず耳を疑った。

「えっ？　あなた患者を間違えてはるんとちゃいますか？」

「井戸さん、ですよね」

「えっ！　嘘でしょ？」

「本当です」

「嘘やろ！　誰がそんなこと言ってるんや？　痛っ！　真剣に言ってんの？　あんた鬼みたいなこと言うな」

「鬼じゃないです」と、看護師はいたって真面目である。

「何でよ。麻酔も切れてほんま痛いで！　それより痛み止めの薬はもらわれへんの？　筋肉ならまだ落ちてないですよ」

「違います。血栓《けっせん》があるかどうかを調べる必要があるんです。エコノミー症候群《しょうこうぐん》をご存じですか？」

どうやら冗談ではないらしい。しばらくし、私はあきらめてこう言った。「……わかったよ。ちょっと待って、気持ちを落ち着けてからナースコールするから。それでいい？それと痛み止めの薬頂戴ね」

「それで結構です。薬はすぐに持ってきますから」

担当の看護師に、倒れかけたらすぐにバックアップしてくれるよう頼み、病棟の周りをゆっくりと歩いた。

病棟の別の看護師が、歩いている私を見て「井戸さん歩いてるで、昨日やろ？　嘘〜っ！」と言っているのが聞こえたが、突っ込む元気はなかった。とにかく痛かった。歩いているときに、血栓の確認とは別に、内臓が前後左右に動いている。

――何やこの腹の違和感？

幸いにも問題は起こらなかった。肝臓の7割弱を取ったため、空洞化《くうどうか》している状態でもあった。

私たちで移植手術3回目、当然ではあるが、この病院ではまだまだ移植手術が当たり前の医療として浸透していないんだなと看護師の会話からも感じられた。

順調な回復ぶりの妻

手術後、痛さと妙なお腹の圧迫感で食事がまったく摂《と》れなかった。というより食欲より痛さ、「お腹に入れると何か起こるんじゃないか？」といった恐怖感のほうが強かった。

提供した私ですらこの状態、俊子の容体が気になって仕方がなかった。

病棟担当の看護師に「妻はどうですか？」と再三再四尋ねてみたが、「確認してみます」とは言うものの、情報はまったく入ってこなかった。

――何か問題が起こっているのか？　何でや、何で誰も言わないんや！　どうしてや。

そっちがその気なら、情報を出さないのなら直接ＩＣＵへ行ってこの目で確かめよう。そう思っていた矢先、手術後３日目、ようやく病棟看護師より面会が許可された。まだ痛みは治まっていなかったが、点滴棒を転がしながらゆっくりと俊子のいるＩＣＵへと向かった。完全装備でＩＣＵへ入り、俊子に逢った。手術室以来の対面であった。それまでの私の思いとは裏腹に、俊子は私に気づくと、手を振って見せた。

――うっそー！　俺より元気やん。

うれしかった。手術後、食事もろくに摂れていない私とは違い、ちゃんと食事もしている。

「気分はどう？」と尋ねると、「大丈夫よ」と俊子は笑って答えた。

「そうか、食欲あっていいね」

「そっちは食事ちゃんと摂ってるの？」

「いや、まだあかんな」

「大丈夫？」

思わず笑いが漏れた。逆に心配される始末、うれしい誤算だった。「また来るわ」と言い残して、ＩＣＵを出た。笑って迎えてくれた、食事も摂っていた。それが何よりもうれしかった。

——俺も負けてはおれんな。食べたくなくても頑張ってみるか！　しかし痛いな……怖いな……。

そんなことを思いながら病棟へ戻った。それから俊子も順調に回復し、一般病棟へ移った。私は手術後2週間で退院となった。自宅療養となり、俊子も少し遅れて帰ってくるものと信じていた。

原因不明の出血

ところが、俊子の様子が何かおかしい。お腹がすごく張っている。主治医の小倉ドクターから説明はあったが、専門的すぎてさっぱりわからなかった。

「EBウイルス、サイトメガロウイルスの疑いと同時に、胆管《たんかん》に問題があると思われます。狭窄《きょうさく》により、うっ滞《たい》になっているため、早急に治療を必要とします。PTBD（経皮経《けいひけい》肝《かん》胆管ドレナージ術）、ERBD（内視鏡的逆行性胆管ドレナージ術）のいずれかの治療が必要です」

私は、わかりやすい説明を求め、ようやくある程度、理解はできた。

つまり、胆管との接合部分の不具合で、胆汁《たんじゅう》の流れが悪く、狭い箇所にカテーテルを入れ広げる処置を内視鏡で行う必要があるというのだ。また、お腹の張りの腹水はサイトメガロウイルス、EBウイルスによる可能性が極めて高く、張ったお腹に針を刺し、腹水の成分を調べるということだった。

しかし、治療後しばらくしても胆管の狭窄によるうっ滞は解決できなかった。そして、内視鏡での治療は無理との判断で、２回目の開腹手術を行うこととなった。

私は、仕事復帰ができるように毎朝１時間程度ではあったがウォーキングを行い、筋力回復に努めていた。そして、予定通り会社へ復帰した。けれど、俊子は退院の目処すら立っていなかった。原因不明の出血が起こっていたからだ。

２回目の手術後、胆管にドレーンを挿入していた。たまにドレーンから胆汁以外に出血が見られる。原因は不明。会社が終わると毎日病院へ直行する日々が続く中、週末、病院から私の携帯へ電話が入った。原因がわかったので来てほしい、とのことだった。たまたまこの日私は得意先との約束があった。今日は病院へ行くのは厳しいと伝えると、遅くなってもいいからと言われた。病院へ着いたのは夜10時半を回った頃だった。

着くとすぐに主治医の説明を受けた。それによると、出血の原因は動脈の破裂によるということだった。動脈の破裂にもかかわらずこの程度の出血で治まっていたのは、血管の周囲が癒着《ゆちゃく》していたために、流れ出るのを妨げていたからだそうだ。非常に珍しく、昔、授業で聞いたことがあったというくらいにまれな症例だった。それゆえ今まで一度も遭遇したことはないとのことだった。

主治医から、「明日の朝、緊急手術をします。明日は土曜日ですが、スタッフはすべて揃っています」と告げられた。「血液検査の状態を見ても手術に耐えられる状況ですから」と、すでに準備は進められていた。

私は、話を聞いて、危険な状況に間違いはないと確信をしたが、主治医に思わず言ってしまった。

「これだけ短い期間の中で、何度も腹部の開閉を繰り返すことになるとは。身体のダメージもそうですが、精神的にもすでに限界を超えているのではないか心配です。肝臓が大事なのはわかっています。けれど、精神面でのダメージも十二分に考えに入れた上での手術と、私は受け止めています。当然ですよね、先生」

18時間に及んだ難手術

翌朝9時、予定通り手術が始まった。休みでもあったため、4階手術室を出入りする医療スタッフは、ほぼ俊子の関係者が大半であった。手術が始まって12時間。15時間経っても、関係者の出入りは頻繁にあるものの、まだ終わらない。情報もまったく入ってこなかった。

日付がかわった翌日曜日の午前3時半。手術が始まってから18時間30分、ようやく手術室の扉が開いた。田中ドクターが疲れきった様子で出てきた。そして、「難手術でした。主治医より説明があります」と言い残し立ち去った。その後、主治医の小倉ドクターが出てきた。家族全員が呼ばれ説明に入った。

「輸血7千ミリリットル、癒着と出血の繰り返しで、なかなか目的のところまで行けず苦労しましたが、手術の目的である箇所はクリアしました」

皆、疲れ切っていた。俊子はＩＣＵへ移動となり、面会の許可はまだ出なかった。私は両親を自宅へ送り、再びＩＣＵ待合室に戻った。いつでも面会できるよう傍らにいた。早朝、ＩＣＵに入れた。俊子は寝ていた。というより眠らされていた。

そこへ、私たちの移植手術で執刀した山田ドクターがやって来て、「今は痛みが強いので、薬で眠ってもらっています」と言った。続いて田中ドクターが入ってきた。

その説明は厳しい内容であった。「このままの状態が続くと、肝不全《かんふぜん》になる可能性があります」――。

驚くことに、GOT、GPTの数値が4桁《けた》になっていた。信じられない数値である。肝臓が途轍《とてつ》もない速さで壊れている。素人の私でもわかるほどだ。肝機能のもう一つの目安でもあるビリルビンの数値も高く黄疸《おうだん》の症状も出ている。

もう手の届かないところへ行っている。後は、本人の生命力に賭けるしかない。何とか踏ん張ってもらいたい。山田ドクターが「もう一度夕方来られますか?」と聞いてきたので、「はい、もう一度夕方に来ます」と答え、私は仮眠を取るためにいったん病院を後にした。

夕方ICUへ行くと、山田ドクターはすでに来てくれていた。俊子の意識は戻っていた。「ご苦労さん。大変やったね。よう頑張った。よう頑張ってくれた。来てよかった」。

笑いを交えた会話で、私たちは終始俊子を励ました。点滴はたくさんあったが、手術後のハードルも何とか越えることができ、数値は下がりだした。ついに一般病棟へ戻ることができた。

たこやき

田中ドクター、主治医の小倉ドクターが状況を見にきてくれた。胆管ドレーンからの出血はなくなり、安堵していたが、食欲はまったく戻らず、不安定な状態に変わりはなかった。私と義妹が交代で病棟に泊まり込み、夜中のケアを行うこととなった。

とうとう、首から栄養剤を注入することも決まり、点滴がまたひとつ増えた。口から栄養を摂るのが一番いいのだが、病院食はもちろん、持ち込んだ食事も一切受け付けず、とにかく食欲が戻らなかった。私は妙に焦っていた。

その日の当番で、病院に向かっている私は、阪神大石駅前でたこ焼きを売っている車が目に入った。信号待ちで止まっているとき、「そういえば、好きだったよな。一度買ってみるか」と軽い気持ちで立ち寄った。

そこの店主は、初めて立ち寄った私に、気さくに話しかけてきた。私は今の状況をそのまま話した。すると店主は、とても驚いていた。移植医療が浸透していない我が国、一般の人には縁のない医療で驚くのも無理もない。

そんな思いをめぐらしながら待っていると、店主は何も塗っていないたこ焼きと、ソース付きの両方を持っていってと、ひと皿分の料金しか取らなかった。初めての私に「なぜ、そこまで?」と思いながらも、ありがたくいただくことにした。

病院で俊子に経緯を話して「どっちがいい?」と聞くと、「ソースなし」と一声。本当に食べられるのかと思っていながら渡すと、なんと! 手術後3週間ぶりにして、初めて俊子がたこ焼きを口にした。それも半分以上も「おいしい。おいしい」と言いながら食べてくれたのだ。

——うっそー! やったよー、よっしゃー食べてくれた!

驚きとうれしさとで、飛び上がりそうになった。私はすぐに看護師に報告した。すると、主治医も飛んできた。「井戸さん、たこ焼きひと皿食べたんやって?」と喜んでくれた。

突破口が見つかったような気がした。この件をきっかけに、徐々に口にする食べ物の種類も増えていき、栄養剤の点滴が取れた。そして、他の点滴も外されていった。

退院の話も出てきた。毎日毎日が精一杯で、先のことなど考えられないしましで計算などできないが、どうやら正月は家で迎えられそうな感じだ。

しかし、すべては結果論である。退院して家へ戻ったときに初めて「はぁ〜、戻ってきてくれた。よかった。帰ってこれたー」と思うことにしていた。今までの経験上、主治医からいい話が出ても、いつも土壇場で覆され、落ち込むことも多かった。素直に喜べない自分がいる。

そんな思いも今回は、何とかクリアできた。年末に向けて退院の話が現実のものとなり、自宅へ戻り、無事新年を家で迎えられた。移植手術を受けてから、実に半年が経っていた。

C型肝炎を再発

2006年の年明け後も、外来がすぐに予約されており、決して終わったわけではない。いつ入院になるか、不安な日々が続く。

3回目の手術から、胆管炎による急な発熱に襲われるようになった。突然40度近くまで熱が上がり、解熱剤を服用して下げはするが、その都度肝臓に大きなダメージを受けてしまう。ひどい時は1週間に3回急な悪寒《おかん》と発熱に襲われた。このときは結局入院となった。主治医の小倉ドクターより再び胆汁のうっ滞も伝えられた。内視鏡による治療で、腹部から針を刺し、狭い箇所を広げ、通りを良くする治療PTBDは、それほどの効果は得られなかった。

しかし胆汁のうっ滞で、再び開腹するリスクは大きすぎるとの説明を主治医から受けた。胆管は腸と接合しているために、腸の雑菌が逆流し胆管炎を引き起こし熱が出てしまう。未然に防止する策は現在のところないとのことだった。

この年の春、主治医が替わった。小倉ドクターは京都大学病院へ戻った。胆管炎による不安定な症状はその後も消えることはなかった。しかし、そんな中、私たちの週末の過ごし方は、容体を見てできるだけ外へ出て違う環境で気分転換をはかることだった。

色々な場所へ出かけた。きれいな景色を観て、おいしいものを食べて、新鮮な空気を吸って、そして、笑い合う、そんな時間を作ることで、今の不安を少しでも解消できれば……一瞬でも忘れられたなら……ただそんな思いだった。

普段は近場で済ませ、容体のいいときには時おり少し遠出をした
――このときは丹波を訪れた

　しかし一方で、無情にも入退院は繰り返されていた。今年に入ってからもう何回目の入院になるだろうか？　再入院直後、私は病院より呼び出しを受けた。

「はじめまして。移植外科の瓜生原《うりゅうはら》健嗣と申します。先日の肝生検《かんせいけん》の結果、非常に言いにくく残念ですが、C型肝炎の再発です」

「本人は知っているんですか？」

「いえ、まずご主人から、奥さんはどのような方ですか？」

「よく泣きますけど、大丈夫、強いですよ。私も同席しますから」

　瓜生原ドクターと私は、俊子のいる病棟へと向かった。二人が同時に入ってきたことに困惑していたが、瓜生原ドクターの説明で状況はすぐに理解できたようだ。

瓜生原ドクターが病棟を離れた後、「何でなん？」と俊子が言った。「何で私だけこんな思いばっかりせなあかんの？　神様って絶対いないわ」

私は治療法も昔と違うし、とにかく頑張るしかないこと、気持ちはわかるけど自棄《やけ》になってはダメだということを伝えた。

「やっかいな嫁もらったと思っているんでしょう？」

「今頃気づいたんか？（笑）」

「ひどい！」

「嘘や、嘘や。お互いに頑張るしかないやないか、受け止めるしかないやないか」

「もういいよ」

俊子の言う通り、本当に「もういいよ」と言いたくなるほど、次から次にやってくる試練。私なら「もうほっておいてくれ！　いっそのこと殺してくれ。もうええわ。あほくさい！　しんどいわ、さっさと殺せ」と、周りに当たり散らすしかできないだろうな、そんなことを思った。そして苦し紛れにこう言った。

「一人じゃないんやから。なっ！」

俊子からの返答はなかった。

このときのC型肝炎の治療方法は、インターフェロンとリバビリンの併用《へいよう》が主流であった。しかし、移植を行い免疫抑制剤を服用していた俊子には、一般の人が投与できる量は到底無理であった（免疫抑制剤とは、自分の身体にないものが入ることによって身体はそれを異物と判断し、自己防衛の機能が働き、移植した肝臓を攻撃するのを防ぐために自己免疫の機能を低下させる薬、また、この逆もある。移植した肝臓が他の臓器を異物と見なして、宿主の臓器に攻撃をしていくGVHD）。

しばらくの間、極微量の投与を行っていたが、残念ながらこのときもC型肝炎ウイルスは排除できなかった。

二章

希望とともに

（章扉）元町での街頭募金の様子（2009 年 5 月頃）

２００８年6月、入退院を繰り返すようになって2年が過ぎた。私のほうはドナー側として、手術後のフォローで、年に一度、採血、エコー検査等、体調の変化及び情報提供のために外来を訪れる。そこで、主治医の瓜生原ドクターから厳しい話を聞かされることとなる。

「このままの状態だと、奥さんの余命は1年ほどと思われます」

「えっ！」。驚かずにはいられなかった。

「けれど肝臓の目安であるGOT、GPTは比較的下がっていますよね」

「そうなんですが、GOT、GPTが下がっているのは、もう肝臓に壊れる細胞がないということなんです。奥さんの場合、正常な細胞がほとんどないということなんです」

「……どうして……何か策はあるんでしょうか？」

余命宣告を受ける半年前の俊子（2008年1月頃、兵庫・出石にて）

「再移植が唯一の方法ですが、C型肝炎による再移植は極めて難しい手術となります。そして、生体ではなく、脳死ドナーによる、全肝《ぜんかん》移植。癒着もあり難手術に間違いはありません」

「肝臓はもう、1年しか保《も》たないということなんですか？」

「そうですね。そう考えます」

私は外来を後にした。

——嘘やろ！　移植してまだ3年しか経ってないやないか。移植って、根本治療と違うんか。

何で再移植やねん。

そんな思いが頭を巡り、主治医の言葉を受け入れることもできず、納得できなかった。そして、移植医療について相談できる人を探した。

セカンドオピニオンを求めて

一般医療とは異なり、移植医療の相談（セカンドオピニオン）に乗ってもらえる病院は限られている。そして、私たちの移植を担当した小倉ドクターに手紙を書いた。

すると小倉ドクターから電話が入ってきた。「一度話を聞かせてください」と言ってもらえた。

私は早速、京都大学病院へ小倉ドクターを訪ねた。手紙には、相談の手紙を書いたことは、主治医の瓜生原ドクターに話していないと書いておいた。しかし、小倉ドクターはすでに主治医と事前に連絡を取って状況を聞いていた。

私が主治医の先生は気分を害しているのではないかと尋ねると、「大丈夫ですよ。こういうことはよくあることなんで、気にしないでください」と言うと、「それより俊子さんの状態についてもっと詳しくお話しください」と話の先を促された。

一通り説明すると、小倉ドクターから「詳しい状態がわかる資料がないので何とも言えませんが、一部の資料から察すると、確かに主治医の言われていることは理解できます。余命は若干前後しますが、おおよそ1年と私も見ます」

「やはり、再移植しか方法はないんですか？」

「ええ。日本臓器移植ネットワークに登録する場合は、井戸さんは神戸ですので、大阪大学医学部附属病院か京都大学医学部附属病院が窓口になります。どちらかを選んでいただき、手続きを行って待機することになります。

必要なデータを今の病院で準備してもらい、選択した窓口の病院へ郵送すると、そこから日本臓器移植ネットワークへ郵送されます。そこで重症度が点数となって返ってくる。この点数が選択した大学病院から、現在の病院へ通知される、そういう仕組みです。より細かい内容は、手続き資料が準備され、登録の際にコーディネーターから費用等含めてお話ししましょう」

説明を受けた私は、改めて連絡をするということで、その場を後にした。

もう俊子自身の身体では回復が困難であることを確信した。

すぐに神戸に戻り、主治医へお詫びの連絡をした。別段気にしている様子もなく、「どうでしたか?」と聞かれたので、ご存じなんだろうという気はあったが、そのまま報告した。そして、早速日本臓器移植ネットワークに登録するためのデータを集めてもらう話になった。

家へ帰り、インターネットで、日本臓器移植ネットワークを検索して愕然とした。まったくといっていいほど機能していない。登録している患者は多いが、手術を受けられた、移植ができた患者の実績がほとんどない。登録をしても気休めで、事実上死を宣告されたのと同じである。今の日本の状況では、患者は助けてもらえないという現実を知ってしまったのである。

重症度は「2番目」!?

登録に必要な資料も揃い、京都大学病院経由で日本臓器移植ネットワークへ手続きをした。私は正直、瓜生原ドクター、小倉ドクターの話からも優先順位はトップクラスになるのではないかと思っていた。しかし、結果は6点であった。しかも、郵送してから2ヶ月後、移植医療とは時間との勝負にもかかわらず、答えを出すまでにこれだけの時間を要するとは。

今の日本の実情を身をもって知り失望もした。要求してくる資料こそ多かったが、ドナーがなかなか現れない現状を反映してか、緊張感もなくまさに事務的作業だ。

患者や家族の緊張、緊迫とは懸け離れている。あまりの温度差である。6点とは、9点・6点・3点・1点の4段階で重症度からは2番目のクラスであった。余命1年と言われている患者がなぜ2番目のクラスになるのか理解に苦しんだ。

ドナーが出たとき、ドナーとの血液型合致1・5点、適合1・0点が加わるが、点数と待機している患者の数や手術の実績を見ると、間違いなく間に合わない。答えは初めから出ているのだ。日本でできることはここまでだ。無理だ。

何か他に方法はないものだろうか？　インターネットで臓器移植、肝臓移植を検索すると、海外での移植の情報が出てきた。やはり、日本でできずに海外へ出ていく人も少なくない。すでに私たちと同じ立場に置かれ、日本での限界を知った人たちだ。また、海外へ行くためのサポートをしてくれる支援団体もいくつか出てきた。とにかく保険が使えないために費用がものすごい。桁違いである。

一体、どういう仕組みなのか。本当に大丈夫なのか？　まともな団体か？　人の弱みに付け込んでくる詐欺まがいの団体ではないのか？　次々と疑問と不安は出てくる。しかし、悩んでも答えは出ない。時間だけが過ぎていく。

そして、「電話一本くらい何や！　命までとられへんやろ！」と自分に言い聞かせ、ひとつの団体へ連絡を入れることにした。ＮＰＯ日本移植支援協会であった。

本部は東京で、東京に連絡を入れると、西日本は、宝塚の者が担当しているという。

「そちらから連絡を入れさせるので、携帯の番号を教えてください」と言われた。この時、「携帯電話の番号を最悪、破棄するしかないか？」とも正直思っていた。早速連絡があり、「一度お逢いしましょう」という話になり、その担当の人と阪急六甲駅前で待ち合わせることになった。

射し込む光

待ち合わせの場所に現れたのは、NPO日本移植支援協会理事の方であった。私は半信半疑ながら、今までの経緯を話した。その方は状況を理解し、「俊子さんを〝救う会〟を立ち上げましょう」と言ってくれた。初対面なのに、なぜそこまで親身になってくれるのかが不思議だったため、失礼を承知で尋ねた。

「今日逢ったばかりの私に、なぜそこまでしてくださるんですか？　この先に何があるんですか？　あなたがたの最終目的は何でしょうか？」

すると、「井戸さんの言っている意味が理解できません。まったくわかりません。日本では助かりませんよ。早く救う会を立ち上げないと。もう一度よく考えて、連絡ください」。そう言い残し去っていった。10月中旬のことであった。

私はこの頃から田中ドクター、主治医の瓜生原ドクターに、様々な相談をさせてもらっていた。一番の関心事は、海外で臓器移植医療に従事されているドクターを紹介してもらいたいということである。この時、すでに外国からの臓器移植患者を制限していく方向でWHO（世界保健機関）が主となり世界的に動いていた。

その趣旨は、「自国の患者は自国で守りなさい」というものだ。その一番の理由は、ドナーを待つ患者の待機順位は病態の重さにより常に変動するため、外国人が急に割り込んでくると待機しているその国の患者の優先順位が下がる、そして、急に割り込んだ外国人患者は助かり、優先順位を下げられた自国の患者が間に合わずに亡くなる。こうした事態が起こっているからだ。

2004年、WHOは、加盟諸国と地域に対して、「人の組織や臓器の国際的な取引」という広範な問題へ配慮して、貧しく虐《しいた》げられやすい人たちを移植ツーリズムや、組織や臓器の売買から保護する対策を講じるように呼びかけた。

その数年後の2008年5月、トルコ、イスタンブールで国際移植学会が開かれ、総会決議として採択されたのが「イスタンブール宣言」である。すでにヨーロッパ各国、オーストラリア等は外国人の受け入れを閉ざしていた。渡航可能な国は限られている状態でもあった。

加藤友朗ドクターへの連絡

国際的な機関や学会が渡航移植の規制に乗り出しているのはショックだった。そんなところに田中ドクターが「この活動を起こすに当たり俊子さんはどう言っていますか？」と尋ねてきた。

「妻も生きる、生き続けられる可能性を求め、海外渡航に向けて私と同じ考えでいてくれています」。私はそう伝えた。

「そうですか。一番重要なのは、ご本人の意思です。一度病棟にうかがってもいいですか？」

「どうぞ確認してください」

翌日、私が病棟を訪れると、すでに田中ドクターは病棟に来ていた。そして、私たち夫婦が同じ方向を向いていることを理解してくれた。「一度、加藤君に聞いてみるか？」と言った。加藤君とは、コロンビア大学プレスビテリアン病院移植外科、加藤友朗ドクターのことであった。

「アメリカの移植状況や患者数、受け入れ態勢等がどうなっているのかも知りたいしね」。田中ドクターは私たちの緊張を解きほぐすかのように、笑いながら言ってくれた。

それから数日後、田中ドクターから連絡が入り、加藤ドクターからメールが返ってきたことを知らせてくれた。「井戸さん、コロンビア大学病院は海外からの移植患者を受け入れてくれる。大丈夫のようだ」。

「本当ですか？　ありがとうございます先生、早速その方向で動いていきたいと思います」

「これから大変な活動になるだろうが、とにかく頑張りましょう。向こうへ送る俊子さんのカルテも作る必要があるので、私のほうから瓜生原先生へ伝えておきますから」

忙しい中、話をつけてくれた田中ドクターに、私は心から感謝の気持ちを伝えた。

この時、枕木しか見えなかった部分に、レールが敷かれていることが確認できた。

「救う会」の立ち上げへ

週末になると、俊子と色々な所に出かけた。痛みや不安を一瞬でも忘れられたら、笑い合える時を持とうと、時間と身体が許すかぎり二人の時間を楽しんだ。

しかし、「こんなことをしている時間があるのか?」と自問自答の繰り返しでもあった。焦る気持ちも高まる中、もう一度移植支援協会の担当者に逢う決心をした。年の瀬も近い12月25日。私は再び逢った。答えは同じだった。救う会の立ち上げ、それに尽きる。先日逢ったときよりもさらに強く、「一刻の猶予もありませんよ」とも言われた。

しかし、言われれば言われるほど、「本当に大丈夫だろうか。集まったお金は本当に俊子のために使われるのだろうか」など不安は増すばかりであった。知人に相談するものの、誰も経験がなく、ただ驚きの声だけでいい答えは得られなかった。

もう一方では、命を救うには会を立ち上げていくしかないといった気持ちが日々強くなってもいった。もうこれは両親に相談するしかないと思い、実家へ足を運んだ。

両親は俊子の具合がよくないことは知っていたが、そこまでひどいとは予想していなかった。正月の挨拶にひとりで来たことに不安を感じてはいたものの、「しかし、そこまで悪いとは……」と絶句していた。

２００９年1月中旬、再び入院となった。

一部始終を話し、移植支援協会のことも話した。父親が「経験がないから、何とも言えんけど、救う会を発足するには、役割分担で人が必要になるだろう。お前らの世代はちょうど仕事が乗ってるときで時間もなかなか取れないだろうから、俺は隠居生活だし、一度仲間に声を掛けてみる。協会の人にも一度逢って、この目で確かめたいな」と言ってくれた。私はその言葉を聞き腹をくくった。

――よし、〝救う会〟を立ち上げよう。会の立ち上げは時間の問題だ。

そして、神戸駅前で、父親、私、このあと代表になってくれた人と協会担当者の４人で逢った。２月に入っていた。

早速、協会担当者からの話が始まった。今までの話の内容は、二人の耳に入れておいた。今回の内容も以前私に話してくれた内容とほとんど同じであった。私は二人の表情をその都度観察した。疑いの顔、理解できていない顔、信用しているように見えない顔、驚きの顔。次々と変化があった。

話も終わり、それぞれ帰宅。私は、協会にお礼の電話を入れた。すると、「一度ある支援団体にも話にいってみるか」と、担当者はまるで独り言のようにつぶやいた。

私はその団体を知らなかった。インターネットで検索したところ、心臓病の子どもをメインに活動している支援団体であった。しかも拠点は神戸だった。協会には言わずに、この支援団体に連絡を入れ逢うこととなった。

理事長と事務局長の肩書きの二人に、この団体を知った経緯について話した。話を聞いていくうちに、同じ移植支援の団体でもそれぞれの考え方の違いが垣間見えたような気もしたが、この団体の拠点は神戸、もう少し話を聞いてみたくなった。

この頃から、知人・友人に事情を話し、協力してもらえる人たちへの依頼も進めていた。正直どの程度の人が最終的に協力してくれるのか見当もつかない状態ではあったが、「一人でも多くの方の協力をいただきたい」、その思いだけで、奔走する毎日でもあった。

急転直下な展開

2月に入り、神戸を拠点にしている支援団体の事務所で、今後の話が本格的に出始めた。

私たち40歳前後は、一番時間もなく、バタバタと忙しい日々を送っている中、何とか時間を割いて、仕事帰りに支援団体の事務所に集まってもらった。

誰も経験のない活動である。神戸の支援団体の指示のまま、私たちは動いていった。支援団体の近くに事務所を構えた。そこを拠点に進めていく中、この支援団体の理事長から、別の団体にも話を聞いてみてはという案が出された。

どのような組織なのかわからないが、友人二人がそれぞれ時間をずらして連絡を取ってくれた。すると、先方から「同じ関係の方ですね。できればご本人から直接話を聞きたい」と言われ、さっそく私から連絡をした。コロンビア大学プレスビテリアン病院（以下、コロンビア大学病院）の加藤ドクターの名前を出したところ、電話に出たその人は加藤ドクターを知っていた。

私が加藤ドクターからの電話を待っているが、一向に連絡が入ってこなくて困っているということを伝えると、「コーディネーターの藤田さんをご存じですか?」と聞かれた。

知らないと答えると、「この方は、加藤先生と同じ病院で働いている国際部の方です。一度連絡して聞いてみましょう」と言ってくれた。折り返しすぐに連絡があった。

「国際部の方との連絡が取れました。藤田さんは、数日前から別件で日本に帰国されています。病院からちょうど井戸俊子さんに関する情報を報告するようにと依頼が入ってきたそうで、タイミングのよさにびっくりされていましたよ」

早速、私の携帯電話が鳴った。国際部の藤田友里子さんからの電話だった。まさに急転直下の展開である。電話を切った後、進展のうれしさとは別に、何か狐につままれているような感じを覚えた。

3月初め、東京へ行く旨を告げ、その支援団体の人と逢う約束をした。月曜日の仕事を終えた後、東京行きの夜行バスに乗った。突然席を確保したバスは、長時間乗る設計になっていない硬い椅子の一番安いもの。それしか空きがなかった。

翌朝6時過ぎ、新宿駅前に着き、アポイントメントは9時。新宿から巣鴨の事務所までどのくらいかかるのか調べると約20分。早すぎる。とりあえず、巣鴨まで行ってから、近くの喫茶店で時間をつぶすしかないか。

日々時間に追われ奔走していた私にとっては、この3時間弱の待ち時間は束の間の休息でもあった。

9時になり事務所にうかがった。そこで、今後大きく私たちを左右する人と出逢うこととなる。その人とは、トリオ・ジャパン事務局長、荒波嘉男さんであった。

不思議な巡り合わせ

荒波さんは、電話で数回、話をしただけなのに、温かく迎えてくれた。「どうぞ、寒かったでしょう。お入りください」。この日は午後から別件で、コロンビア大学病院国際部アジア担当の藤田さんとも逢う予定になっていた。時間も気になりながら、私は今までの経緯を話した。そして、生体肝移植の話で田中ドクターの名前が出たとき、それまで冷静に聞いていた荒波さんの声が急に大きくなった。

「井戸さん、この話には田中ドクターが入っているのですか？」

――田中ドクター？　全国にたくさんいらっしゃると思うし、別の先生と間違えているのでは？　そう感じたが、どうやら人違いではないらしい。

「はい。田中ドクターには相談に乗っていただき、応援もいただいています。コロンビア大学病院の加藤ドクターを紹介してくださったのも田中ドクターです」

田中ドクターの話になってから、急に荒波さんとの距離が縮まった。荒波さんは以前、田中ドクターが小児外科医だったころ、胆道閉鎖症《たんどうへいさしょう》の関係で出逢い、以降親しくさせてもらっているのだという。

「最近お逢いしていませんが、先生はお元気ですか?」

「お元気ですよ。京都大学病院病院長から、神戸市立医療センター中央市民病院副院長になられ、現在は財団法人先端医療振興財団先端医療センターのセンター長をされています。帰って田中ドクターにお逢いしたときに、荒波さんのお話をさせていただいても構いませんか?」

「どうぞどうぞ。私もお話ししたいですね」

切羽詰まった状況の中でうかがったにもかかわらず、余裕に振る舞う荒波さんに、内心は焦っていたが、どこかほっとし、でも不安で……と気持ちが揺れ動いた。

最後に荒波さんはこう言った。

「すでに神戸の支援団体にお世話になっていることから、トリオ・ジャパンが主体になることはできません。側面からの支援をさせていただきます」ということであった。

跳ね上がるデポジット

2時間ほど話し、東京駅で藤田さんと合流するために巣鴨を後にした。救う会を起こし、会の目標額を設定するには、コロンビア大学病院の医療費がいったい、いくらくらいになるのかが一番の関心事である。電話で待ち合わせ場所を決め、数回話をしただけではあったが、お互いすぐにあの人だなとわかった。藤田さんはこの日、急きょ名古屋へ行くことになったということで、私たちは新幹線で移動しながら話をすることになった。私も、そのほうが都合がよかった。挨拶もそこそこに、早速一番の関心事であるデポジット（預託《よたく》金《きん》）の話に及んだ。

藤田さんから出た医療費は50万ドル。私は正直疑った。「C型肝炎の再発による再移植ですよ？」と念を押した。すると、「一度加藤ドクターに話をして、改めてご連絡します。それで、よろしいでしょうか？」と、一番の関心事であるデポジットの話がそれで終わってしまった。

——よろしいも何もないよ。せっかくの機会やのに、何でやねん！　資料くらい用意しておいてくれよ！　事前に逢うことはわかっているんやから。

そうは思ったものの、それ以上どうしようもない。

移植医療という仕事に従事されている関係者である。時間の重要性はわかっているはずなのに。事務的対応をされたこのとき、温度差を感じた瞬間であった。

改めて聞くのも怖かったが、土壇場で変わるより、初めにわかっていたほうがいい。藤田さんとは名古屋で別れた。

私はその日の夜、神戸の事務所で救う会の打ち合わせが予定されていたために、そのまま事務所へと向かった。会の人たちに、東京での話の内容を報告した。とくにデポジットについては、正式な数字ではないが、先方からの要求は現時点で50万ドル、おそらくいま以上に高くなるだろうと付け加えるのを忘れなかった。

後日、藤田さんから連絡が入った。予想通りデポジットは50万ドルから70万ドルに跳ね上がった。あまりの上がり方に度肝を抜かれたが、受け止めるしかなかった。

再び会の打ち合わせのときに、デポジットの変更を伝えると、皆、驚きを隠せなかった。当然である。そして、医療費、渡航費、滞在費、医療予備費他、トータル９７００万円が目標額として設定された。桁違いのとんでもない金額である。しかしそんな中、会では、チラシ作成、募金箱作成とその設置依頼、メディア、県議会、市議会議員に向けた資料作り、記者会見の段取り等、多くの作業が並行して行われていった。

再移植に暗雲

記者会見の日程が3月27日と決定され、そこに向けて様々な段取りが、急ピッチで進められた矢先、主治医の瓜生原ドクターより私の携帯電話に連絡が入った。時間は晩の9時を回っていた。

——何だろうこんな時間に……。

「瓜生原です。奥さんの容体が思わしくありません。胆管うっ滞、高熱と感染症《かんせんしょう》に伴う呼吸苦を併発しています。緊急治療に入ります。いつ頃病院に来れますか?」。切羽詰まった声だった。私は30分ほどで行けると答えた。

「来られたら、1階救急治療室を訪ねてください」

私は、その場にいた人たちへ状況を説明し、すぐに病院へと向かった。救急室に入ると、傍らには義妹がいてくれた。周りを見渡したが主治医は見当たらなかった。

「どう？　どんな状態？」

「モニターで、酸素量が95くらいなら問題ないと聞いていますが、90を割ると危険と言ってました」

「先生は？」

「わかりません」

私は看護師に到着したことをドクターに伝えてほしいとお願いした。主治医が来てくれた。そして説明に入った。

「敗血症《はいけつしょう》です。何とか酸素量は維持していますが、これ以上悪くなると、人工呼吸器を装着しなければ生命が危険な状態になります。そして、人工呼吸器を装着する事態になれば、再移植の道は閉ざされます」

「えっ？　その可能性は？」。私は主治医に詰め寄った。

「現時点ではわかりません」

――どうして、この時期に。なぜ？　けれど現実を受け入れるしかない。とにかく頑張ってくれ、踏ん張ってくれ。

「今の時点では、そこまでしか言えません」。主治医はそう言うと、しばらくして病室を出ていった。

とりあえず、今晩は誰かが付き添っていたほうがよいということだった。義妹は、私が活動を起こすために日々走り回っているのを当然知っていた。その義妹から、「私が病院にいますから、井戸さんは戻ってください。何かあったら連絡しますから」と言ってくれた。「ありがとう、頼むね」。私は、俊子が踏ん張ってくれることを信じ、再び事務所へ戻り作業に入った。

人工呼吸器装着となれば再移植はできない。その時点で救う会自体は消滅してしまう。私は俊子の生命力を信じた。とにかく、乗り越えてくれ！

翌朝、義妹から連絡が入った。一瞬、どきっとしたが、すぐ安堵に変わった。

「一般病棟へ戻りました。数値も安定しているそうです」

「ご苦労さん。ありがとう、大変やったね。俺が付き添うのが一番いいとはわかってはいたんだけど、迷惑ばっかりかけて申し訳ないね。助かりました、ありがとう」。ひたすらお礼を述べる私に、義妹はこう言ってくれた。

「どうして、いつもすべてを背負おうとするんですか？　これからもちゃんと言ってくださいね。そのほうが頼られている感じで私もうれしいです」

ありがたかった。「性格なんよ、悪く思わんといて」

「困ったおにいちゃんや」

「……もう切るな」

この頃から義妹との電話でのやり取りで交わす言葉は「こんにちは」ではなく、「ご苦労さんです」という言葉に自然となっていた。義妹も、すでにこのとき「お姉ちゃんを助けるために」と戦闘モードに入ってくれていた。

記者への懸命の訴え

２００９年３月27日、この日午後１時より神戸市役所記者ルームにおいて、私たちは記者会見を開いた。「井戸俊子さんを救う会」を結成した趣旨や、今の日本での臓器移植の実情、そして命を救える方法は海外渡航移植しか残されていないことをメディアの人たちの前で話した。

一通り話を終えると、記者からの質問となった。

「この活動を起こす決心をした理由は何でしょうか？　すでにご自身の肝臓も提供されているんですよね」

私にとって、記者のその質問は「そこまでして助けたいのか？」という非難のように聞こえた。「そうですよ。だから何なんですか？　あなたならそれで終わりですか？」。こう言うと記者は黙った。私は続けた。

「私は違うと思います。生体肝移植前に主治医から言われたときと同じで、可能性があるかぎり助けてあげたいという思いは変わりません。今も同じです。ただ、今の日本の実情では、この方法しか選択肢が残されていません。だから決心したんです。それだけなんです。

ある夜、妻が夜中にしくしく泣いていました。私が問いかけると『足が攣《つ》っている。全然、痛みが治まらない、寝ている私を、起こしてはいけないから声を出してはいけない』

と言っていました。私はこの言葉を聞いて、この世に生を受けて日々生きていくのがこんなに辛く厳しいとは……なんて非情なのかと思いました。生きるということはそういうものなのか？　違うだろうと。

でも、妻は辛いながらも頑張っている、頑張って生きていく道を探している。こんなにも不条理なことがあってよいものか。なんとか助けてあげたいと、その思いだけで活動を起こす決心をしました。縁があって一緒になった妻を何とか助けてあげたい……それだけなんです」

主治医である瓜生原ドクターも病院から駆けつけてくださった。「井戸俊子さんの容体はもう時間が残されていません。生きることをあきらめず懸命に闘い、頑張られています。どうぞ、ご支援のほどよろしくお願いします」と自ら記者へ頭を下げて頼んでくださった。

次の日、複数の新聞が取り上げてくれ、元町駅前での街頭募金活動も始まった。

時おり「新聞見ました。頑張ってください」と声をかけてくれる人がいる。人びとの温かさが身に染みた。経済不況、患者が（子どもではなく）成人、目標額が高い、様々な懸念はあったが、もう後戻りはできない。前へ進むしかない。ブレーキはない、アクセルだけを踏み続けていくときが来た。

善意に頼るしかない状況の中で

毎週末、ＪＲ元町駅前にて活動をした。救う会が発足して1、2ヶ月ほど経つと、人びとの関心も徐々に薄れ、街頭募金の額も減り続けていった。金額が思うように集まらず、また暑くなっていくと、会の中には、不平不満が顔を出し始め、やがて乱れていった。離脱する人も出てきた。

ボランティアのため、引き止めることもできず、自然の流れのまま状況を見守るしかなかった。しかし、闘いは続いている。活動中も俊子は入退院を繰り返していた。

そんな中、会の役員をしてくれていた安藤洋一さんが、同じ中学の卒業生で、２０１０年年初に、第33回卒神戸市立本山中学校同窓会を開催するため、１年以上前から同級生の参加を募る活動を行っている人がいるのを教えてくれた。

安藤さんはその人に対し、同窓会への参加を募ると同時に、同級生に私たち夫婦の状況を伝えてもらい、少しでも多くの人に状況を理解してもらえるよう打診してくれていた。

同窓会に向けた活動は母校のホームページにもリンクされていた。私は、その人との面識はまったくなく、その後、何度か電話で話をさせてもらい、状況を説明した。彼にとっては、ブログで情報を発信し、そろそろ締め切ろうとしていたところに予想外の問題が持ち込まれたと思ったのだろう。彼からは、もともとの趣旨と異なる活動なので、ブログでの応援はできないという答えが返ってきた。また、同窓生の参加を募るブログにも。

さらには、このときのやりとりが同窓生の間に知れ渡り、納得できず登録を取りやめる人も出てきていた。一部の同級生の中で相当揉《も》めているという。申し訳なかったが、私にはどうでもよかった。わかってくれる人だけでいいんだ。揉めている中へ仲裁に入ったり、意思の疎通をはかるなど今の私には到底できない、そんな時間もない、強制もできない。「善意」だけに支えられているのだから。

さらなる試練

その日、一日の活動を終えた私はいつものように病院へ行った。すると、俊子が「『今日、ご主人は来られますか?』って先生に聞かれたよ」と言った。

「ほんで？」

「たぶん来ると思いますって言った」

「あっ、そう。後で聞いてみるわ」

そう言って私はナースステーションを訪ねた。看護師が主治医の瓜生原ドクターを呼んでくれた。すると、別の場所へ移された。嫌な予感がした。

「救う会の活動はいかがですか？」気持ちを落ち着かせるつもりなのだろうか、主治医は最初に会の近況を聞いてきた。隠すこともないのでそのまま話した。それから話は本題に移った。

「残念ながら、確実に悪くなっています。いつ、どういう状態になっても、おかしくありません」。主治医の表情は険しかった。

「明日とかも、ありえる話ですか？」

「いえ、それは考えていません。近々ということです」

「近々？　先生はいつ頃だと思われているんですか？　近々ではわかりません。先生を責めるつもりはないんです。経験やデータ上のお考えで結構ですので、具体的に教えてください。夏から秋ですか?」

「私の中では、冬は難しいと思っています。でも、あくまでもデータ上ですので」

「……そうですか」

ひと通り話が終わり部屋へと戻った。

戻るなり俊子が「何の話?」と聞いてきたが、そのまま話すことはせず、適当にお茶を濁すが疑っているようであった。

このところ俊子の身体も気にはなるが、私自身、会社→救う会→見舞い→帰宅。携帯電話での不定期の連絡、交渉、メールと気の休まるときがまったくない。肉体的にも精神的にも追われるような生活が何ヶ月も続いていた。

色々な情報が入る。肯定的なこと、否定的なこと、様々である。とにかく一日も早く、俊子を助けてあげたい。それを最優先として、目的のブレが生じたときには、初心に戻って考え直すことを心がけていた。そうすることで、今も闘っている俊子に対し、「自分は間違っていない」ということを再確認するようにした。

とにかく、どんな状況下に置かれたとしても、自分自身の軸が絶対にぶれることのないように努めた。

聞こえてくる不協和音

救う会の活動がスタートしてから、早3ヶ月。我々の世代は中間管理職的な立場の人が多いため、時間に余裕の持てない人が大半であった。事務所の平日の運営は、支援団体と知人の女性、現役を引退された人たちで賄《まかな》ってもらった。

しかし、常に事務所の人手不足を指摘され、挙句の果てには、「前に募金活動をされた方はちゃんとしていましたよ」と言われる始末。まるで、私が何もしていないかのように。

経験の豊富な団体かもしれないが、やることすべて初めての私たちに、自分たちのマニュアルを押し付けて、型に填《は》めようとしてくる。徐々に事務所に出入りできる人と行きたがらない人が出てきだした。おかしな話だと思った。しかし、この支援団体を選んだのは私だ。いまさら変えるわけにもいかず、黙って聞くしかなかった。

募金活動に協力してくれたラグビー六甲クラブの選手、スタッフらとともに

平日の事務所の人出不足の問題は、くすぶり続けた。人が足りないのなら、誰も行けないときは「事務所を閉めればいい」という意見も出た。確かに誰も行けないのなら仕方がない。身内が詰めればいいという意見も却下された。

大体、救う会の中で決めていけばよいことなのに、いつの間にか支援団体が実権を握って発言していた。身内を事務所に入れない理由がわからなかった。他の会を見ても、そんなところはない。

事務所に電話が頻繁にかかってくるわけでもないし、作業といえばチラシを折ることくらいだ。家ででもできる。そこまでし

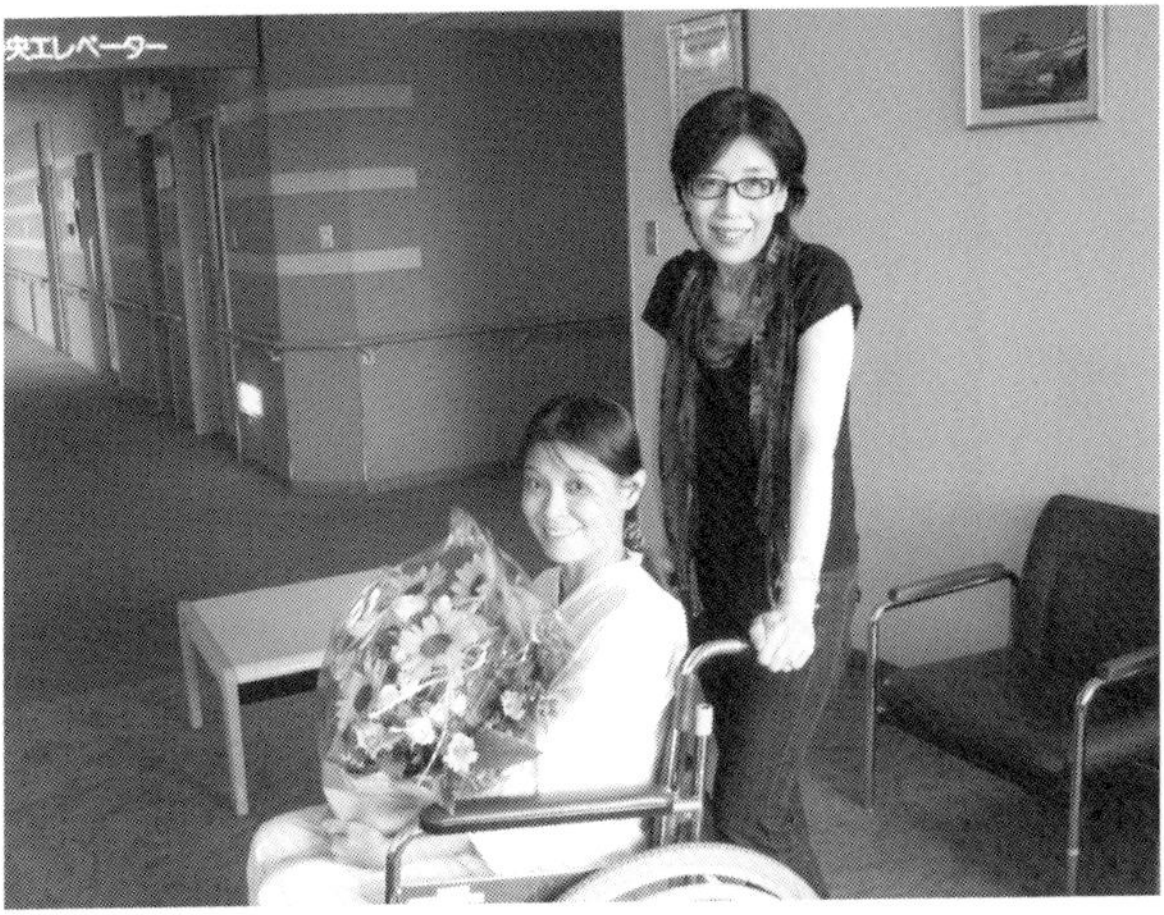

チャリティーコンサートを開いてくれたアコーディオニストゆうこさんと——まだこんな笑顔が見られた（2009年6月頃）

て事務所を開けておく必要性に疑問が持たれた。

このことを荒波さんに話すと、「私は井戸さんを応援します。頑張りましょう」と力強く言ってくれた。地の底から救い上げてもらった思いだった。本当にありがたかった。誰に何を言われても、わかってくれる人がいる。自信をもって突き進める気がした。

——負けへんぞ！　必ず助けてやる！

この頃から、救う会の考えは完全に二つに分かれた。不満を訴えて、会を離れていく人も出てきた。しかし、追わなかった。貴重な時間を割いてもらったことに対して、

「今まで本当にありがとうございました」という感謝の気持ちだけである。

決断

荒波さんに相談することが多くなっていた頃、ある日「大口の支援をしていただける団体が出そうです」という連絡を受けた。「祥恵《さちえ》さんを救う会」、「たかし君を救う会」、「さくちゃんを救う会」、その他の会からも。この支援により、一気にアメリカ行きが近づいた。

救う会に報告すると、「なぜそうした話があると事前に事務局へ言わないのか？　報告が遅い。事務所をないがしろにして」という言葉が返ってきた。

私の批判に日々事務所での時間を費やしているのだろうと思うと、そんな人たちの非難も特に気にはならなかった。やはり、会は今の体制では間違いなく無理だ。すでに答えは出ていた。改めて新しい体制が必要だろう、と。このままだときっと私は、この団体にも救う会の役員にも、もっと不満を感じるにちがいない。

その一方で、荒波さんに相談する機会がますます増えていった。

そんな中、突然、救う会の役員から打ち合わせを行いたいと告げられた。その日、事務所へ行くといきなり、一部の会の役員からこんな言葉を突き付けられた。「これ以上活動を行っても集まりません。差額を井戸家で持つか、これ以上の活動は止めて会を解散するかを選択してほしい」と。

どちらも不可能とわかっていながらである。一部とはいえ、会のメンバーから出た発言として私には信じられなかった。救う会とは名ばかりである。

私は腹を決め、それまで自分の考えに留めておいたことを初めて口にした。

「他の病院も当たってみます。また、コロンビア大学病院へのデポジットの交渉もしてみます。そして、会を脱退される方がいらっしゃっても引き留めはしません」

おそらく平日の事務所では、こうした話ばかりがされていたのだろう。会の限界が垣間見えた瞬間でもあった。

——もうこのメンバーではダメだ。時間だけが無駄に過ぎていく。

覚悟の渡米

私は以前から、コロンビア大学病院のデポジットのハードルがあまりに高いために、別の選択も必要と考えていた。違う病院へのアタックを荒波さんにも相談していた。

荒波さんからは「デポジットの問題を解決するには、まずコロンビア大学病院から」とアドバイスを受けていた。ところが、荒波さんも救う会の様子に不安を覚えたのか、「今のままだと俊子さんが危ないので7月17日に神戸に行きます。会の方たちに連絡をお願いします」という連絡が入った。

これ以上、会に任せる危険性を感じているような言動であった。

そして、神戸に来てくれた。そこで私たちは荒波さんから衝撃的な話を聞くこととなる。「コロンビア大学病院の当面のデポジットが出ました。そして、アメリカへ行ける金額が得られました。一日も早く俊子さんに移植手術を受けていただくためにも、会の決断のときが来ました。ただし、現地滞在費は今の状況では厳しいと思われます。井戸さんのご負担でという条件付きになりますが……」

私は覚悟した。俊子には時間がない。主治医の瓜生原ドクターの言葉も蘇ってきた。田中ドクターからも、救う会に宛て「チャンスを逃されることのないよう検討いただきたい」との手紙が届けられた。

その日、私はようやく夢が現実になり、会の人たちの感涙とともにすぐにでも理解を示す答えが返ってくるものと信じていた。

しかし、会の代表は、翌日支援団体に報告すると言い、状況は遅延した。それから2週間後、緊急招集がかかった。私を待っていたのは厳しい質問だった。

「元々最低限の金額です。もし現地で何かあった場合、誰がどう負担するのでしょうか？病院から会に請求があった場合、どうすればよいのでしょうか？　今の資金状況で渡米するというなら、井戸家と俊子さんのお父さんの実印を押して、借金覚悟でアメリカへ渡ってください」

誰かに言われたままを言っているのか、感情もなく、台本を読むような口振りだ。あまりの上から目線と言葉そして態度に話し合う気もなくした。おまけに、こんなことを言うためだけに2週間もの時間を費やしたのか。

終始、命よりもメンツを優先しているとしか聞こえない内容だった。不足分を少しでも会で集めようと前向きに働きかける言葉も、ついに出てきそうもない気配に私は即決した。

——好きなだけ言えばいい。もうこれ以上あなたたちに期待はしない。そうさせてもらおう。

荒波さん、主治医、旅行会社とさらに詳細を詰め、渡米の日を決定することにした。窓口を荒波さんに移して話を進め、最新の情報、状況を共有し、ベストと思われる方向を模索しながら渡航日を8月19日と決めた。これまでの流れ、主治医の説明からもこれ以上引き延ばすことはできない。渡米を決意した時点での募金金額は目標額の約3分の2の状態だった。

準備は整った

私は、長期滞在ビザ取得のため、大阪にあるアメリカ領事館へ面接に行った。外には厳重に日本の警官が配置されていたが、中に入るとさらに状況は一変した。銃を持った目つきの鋭いアメリカ人の警備員が隅々に配置され、監視カメラも数多く設置されていた。この物々しい空間は間違いなく治外法権、日本ではないと感じさせた。

ビザ取得の面接には通常は本人が出向かなければならないのだが、当の本人の俊子が移植手術のためにアメリカへ渡る患者であること、そして現在入院中で安静を必要としている状態であることを説明し特別に認められた。

旅行会社は、主治医の瓜生原ドクターと連絡をとりながらフライトスケジュール等をあわただしく組んでくれた。渡米まで、順調に進むかと思われていた矢先、荒波さんから連絡が入ってきた。

主治医が送ったカルテや現在の容体についての報告を読んだ加藤ドクターから、「もう少し渡米を遅らせて、容体が良くなるまで待ったほうがいいのでは」とのメールが届いたのだという。加藤ドクターは、ひとりで歩行もできない状態なら、かなり重体だと懸念しているとの話であった。

周りは8月19日に向けて動いている。とにかく、数秒の動画、数枚の写真を加藤ドクターへメールし、それとは別に数分間の動画をＣＤに納め国際部の藤田さん宛にも送った。

しかし、8月14日の時点で加藤ドクター、藤田さんからの返答はなかった。郵便物が無事届いたかどうかも確認はできなかった。すでに神戸市役所での渡航のための記者会見も決まっている。主治医も不在中の引き継ぎを院内で行っていた。渡米に向けての準備はすべてが終わっていた。

そして会見の二日前、加藤ドクターからメールが入ってきた。「お待ちしております」と。「ふぅー」荒波さんら数人の人たちと互いにねぎらった。とにかく一安心。

17日、何の問題もなかったかのように、神戸市役所において予定通り記者会見は開かれた。

「春先から活動を行ってまいりました。この度、多くの方々からご支援いただき、生きるチャンスをいただけましたこと、この場をお借りしてお礼申し上げます。よい知らせをもって再び日本へ戻り、報告させていただきます」。深々と頭を下げた。感謝の気持ちで一杯だった。

渡米の朝

8月19日、渡米の朝を迎えた。少し前に、NHK経済社会情報番組プロフェッショナルがコロンビア大学病院移植外科の加藤ドクターを番組で取り上げることが決定していた。渡米する少し前に、加藤ドクターからNHKの人を通し、日本人患者として俊子への取材依頼があった。渡米当日は、私たちを取材班が追う初日でもあった。

朝、私はNHK取材班と神戸市立医療センター中央市民病院へと向かった。

その日、俊子のいる病棟は、支援してくれた人たち、手伝いに急きょ駆けつけた看護師で、とても賑やかだった。

私は、俊子の荷物を持てるだけ抱え、車いすを押して病室を出た。同伴してもらう主治医の瓜生原ドクター、看護師の山岡肇さんも到着した。渡米チームが一気に動きだした。

1階に下りたとき、正面玄関ではすでにNHK取材班の撮影が始まっていた。私たちは特に気を取られることもなく振る舞った。民間救急車へ乗り込み、たくさんの人たちに見送られながら、伊丹空港へと向かった。

空港には、また他のたくさんの人たちが見送りにきてくれていた。この間も撮影は続けられていた。出発前、最後に皆さんとの写真撮影を行い、搭乗手続きへと入っていくとき、密かに友人の喜田誠さん（後の「救う会」の代表）へ耳打ちをした。

「今の体制ではもう無理だ。この体制で失敗したら俺は一生後悔が残る。タイミングを見て、新体制を考えてほしい。喜田さんのもと、新体制で仮に失敗したとしても俺は決して後悔はしないから、頼みます」

喜田さんは「わかった。日本のことは気にせずに俊子さんに全力を投じてくれ。いいな！」と応じてくれた。心強い言葉だった。

「お願いします。じゃ、行ってきます」

短い会話ではあったが、胸の内を話せた。私たちは予定通り成田へと飛び立った。

新たな闘いの始まり

成田へ着き、成田空港では荒波さん、若林滋さん（トリオ・ジャパン運営委員）が見送りのために待っていてくれていた。この時、荒波さんと俊子は初対面であった。俊子は、今までのお礼と感謝の言葉を述べた。

搭乗アナウンスが流れてきた。フライト時間にして13時間。異国で言葉もわからないまったくの未知の世界、そして、世界の中心地でもある場所へこれから行くのだ。しかし、怖さはまったく感じていなかった。それよりフライト中の俊子に容体の変化が起きないのを祈るだけであった。無事13時間何とか乗り越えてほしい――。

俊子は順調に機内の食事も摂っている。いいぞ、その調子で余計なことに気をとられないようにしよう。不安になるような言葉は避けつつ、しかも過敏にならないよう終始努めた。主治医の瓜生原ドクター、山岡看護師が側についてくれているので、とても安心していた。

そしてON《オン》・TIME《タイム》――ほぼ定刻にJFK空港に着いた。

窓から観る初めての景色。「これがアメリカか！」。13時間のフライトは長かったが、わずか13時間で地球の裏側に来ているのすごさも感じた瞬間だった。

私たちは最後に降りることになっていたため、一般の乗客が降りるまでしばらく待機していた。ようやく機内から出た私たちの目の前に、百キロを優に超える黒人男性が車いすを持って現れた。「うわっ！　ここはアメリカなんだ！」。異国に来たのを改めて感じさせられた瞬間だった。

すべてのチェックを終えたとき、空港の外にはコロンビア大学病院のスタッフが待っていてくれた。そのなかに藤田さんの顔を見つけた。

「藤田さん、ご無沙汰です」

「皆さん、長いフライトお疲れ様でした」。そう言ってねぎらってくれた藤田さんに瓜生原ドクター、山岡看護師、俊子を紹介して、早速私たちは藤田さんの案内でコロンビア大学病院へと向かった。

車中流れていく景色を見ながら、「新たな闘いがこの国で始まるのだな……」と思いをあらたにしていた。

三章

「異国」での闘い

（章扉）JFK 空港に到着後、機内にて待機しているところ。中央が主治医の瓜生原ドクター、その右隣は看護師の山岡肇さん（2009 年 8 月 19 日）

8月19日、JFK空港から市街地を抜けフリーウェイを通って車で約40〜50分、ついにコロンビア大学プレスビテリアン病院に着いた。コロンビア大学病院はドクター約5千人強、スタッフ約1万5千人の巨大病院である。

病院入口には、国際部の藤田さんの上司ブライアン・バン・ベルザーさんが車いすを用意して待っていてくれた。ブライアンさんは、私たちと何とかコミュニケーションを取ろうと身振り手振りで、終始笑顔で、私たちの不安を取り除いてくれているように映った。

早速、内科ドクターによる問診、ソーシャルワーカーの質問等の対応に追われる中、診察室に加藤ドクターが入ってきた。

瓜生原ドクターとの引き継ぎの関係もあるのと、当日は疲れもあるだろうからと、加藤ドクターは「今日は二、三の検査のみとしましょう」と言ってくださり、「ちょっといいですか?」と俊子のお腹のあたりを触った。そのときの「結構、癒着が強いね」という言葉を今でもよく覚えている。

日本人患者・家族、ボランティアの出迎え

次から次へと起きる事柄の対応に追われ、ようやく初日の検査を終えると、時間は晩の8時を過ぎていた。私たちは病院の中にあるゲストルームへとそのまま案内された。案内された部屋には、日本食の差し入れが届けられていた。俊子と同じく肝臓移植を受けるために関西から来た川口秀夫さんからであった。川口さんは、私たちが渡米する前から連絡をくださり、何回かSKYPE《スカイプ》(インターネット電話)で現地の情報を教えてくれていた。療養中にもかかわらず、川口さんは差し入れを届けてくれたのだ。

現地ニューヨークの日本人ボランティア、ハート・トゥ・ハートも私たちの渡米に備えてくれていた。

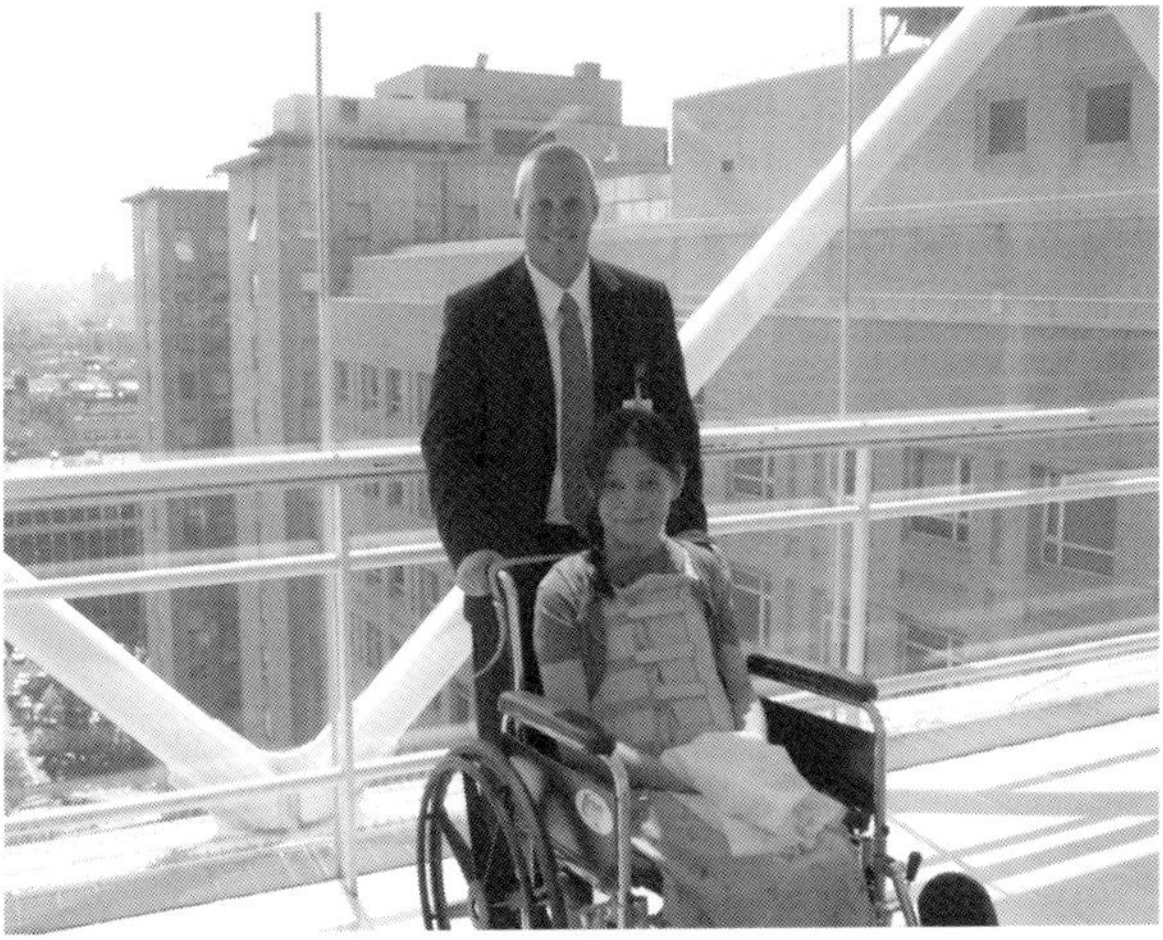

ブライアンさんの案内で加藤ドクターのもとへ向かう

また、心臓移植手術を受けるために親子で秋田県から来られたという方をはじめ、多くの日本人の患者・家族が病院に集まってくれていたそうだが、着いたその日から行われた検査で、誰にも逢えずに一日を終えた。

瓜生原ドクターと山岡看護師のお二人は、50ストリートにとったホテルに下がっていった。

私たちが案内されたゲストルームは本当に寝るだけの部屋で、設置してあった空調のコントロールも故障していたために温度調整ができず、とにかく寒かった。

病院内にどういった施設があるのかも知

らず、まして知らない土地で夜に買い物に出る勇気もなく、とりあえず部屋にあったコーヒーメーカーの保温器に水を入れ、日本から持って行った即席味噌汁の封を早速切った。

それまで機内で食事を摂ったきり、私たちは何も口にはしていなかった。差し入れのおにぎりを頬張り、みそ汁をすすった。おいしかった。

窓から、街灯に照らされ見慣れない建物が見える。渡米初日にして、すでにカルチャーショックを受けていた私たちに、一杯の味噌汁の味は、日本への懐かしさを感じさせてくれた。

「ありがたいね。おいしいね」――二人顔を見合わせ、出てくる言葉はそれしかなかった。お互いにこれから起こる闘いと不安で緊張していたのであろう。「ほっ!」とさせられ、何か解放された瞬間でもあった。

イライラの連続

二日目（20日）から、本格的な検査が始まった。渡米前より2、3日は検査入院と聞いていたため、検査の合間を縫って早速私は周辺の地理、治安状態の確認、地下鉄経路やメトロカードの購入、待機して過ごすためのアパートの選択、銀行の開設手続きなど、長期戦に備え、時間の許すかぎり生活に支障のないよう段取りをつけていった。

アパートは病院の近くでと思っていたが、残念ながら病院周辺の治安状態は悪かった。おそらく薬物の売買を行っているような光景を、わずか数日ではあるが何度か目にした。

予定していた検査も終わり、ほぼ決めていたアパートで待機するものと思った矢先、ドクターより緊急入院が必要と言われた。原因は、ＭＲＳＡ、腎機能クレアチニンの数値、血液凝固《けつえきぎょうこ》の数値であった。26日のことであった。

入院となり俊子をひとりにすることの心細さ、コミュニケーションの不安などを考えて、院内での宿泊を続けることにした。すぐに病棟へ駆けつけられる環境が最善と判断したからだ。アパートの話はいったん白紙に戻した（入院は予想していた以上に長引いた）。

担当看護師は毎日のドクターから出されたオーダーを消化するのを優先し、ほとんど意思疎通をはかることもない。投薬、点滴、検査等とあまりに一方的な対応に終始していたため、私は国際部に噛み付いた。

「薬、点滴、検査予定はもちろんのこと、どんな些細なことでも、通訳してほしい。そのことを出入りする人たちには守ってもらいたい。医療通訳がいなければ三者間電話ででも伝えることはできる。お願いしますね」

その内容は受け入れられた。出入りするドクターや看護師は、壁に貼り付けられた英文と日本語を参照し、ジェスチャーや電話を使い始めてくれた。また入院期間が延びるにしたがって親近感も沸くようになったのか、対応は徐々にではあるが改善されていった。

主治医が不明なシステム

これとは別に、毎日3～5人ほどのグループで、ドクターが入れ替わり立ち替わり病室へとやってきていた。ひどい時は、病室外で他のグループが二、三待っているというほどに次から次に……。どのチームも同じようなことばかり尋ねるのだった。こうした状況にも我慢ならず、やはり私は国際部に詰め寄った。

「いったい、どういうシステムになっているんですか？　相手は移植を待っている患者ですよ。それなのに次から次へ違うドクターが来ては、同じことばかり繰り返し聞いてくる。主治医はいったいどなたなんですか？　今まで見ていたけれど、二回と同じ方は現れませんよ」

国際部の説明はこうだった。

「移植医療チームは数人のチーム単位で構成されています。そして、チーム単位でそれぞれの考えをまとめ、チーム全体でミーティングを行い、方向性が間違っていないかどうかを確認していきます。この方法は、患者さんにとっては同じような内容を何回も聞かれ、苦痛かもしれません。しかしながら、ベストな治療法、さらには誤診を未然に防止するために行われています。アメリカではこのようなシステムが主流なんです」

「ということは、ひとりの患者へ深く入るのではなく、移植患者を巡回しているということですか？　そういう仕組みなら、突然入ってくる検査が重複した場合はデータを共有してくれと言うことができるね」

「その通りですが、今まで重複したことがありましたか？」

「何回もありましたね。今のあなたの内容では、ドクターがまとめてヒアリングを行っているとは到底思えないね。説得力に乏しいな。現状の流れでは、とてもそうは見えない」

そう強く言うと、その担当者は素直に謝ってくれた。

「申し訳ありませんでした。チームのリーダーにこのような事態が二度と起こらないよう伝えておきます。患者さんやご家族が不安に思われていることも」

しかし、夜間の不安、文化の違いなど俊子が受けるストレスは完全には防ぎようもなく、「日本に帰りたい。こんな国イヤ！」と嘆いたのは無理もなかった。

一方で、確実に言えるのは異国であるアメリカが俊子に生きる、生き続ける可能性、チャンスを与えてくれたのであり、帰りたい日本からは見放された、という皮肉な現実がそこにはあった。

皿のブロッコリーに唖然

病室が、一般病棟から個室へと移った。感染症の疑いが出たため相部屋では他の患者への影響があるからである。部屋からは、ハドソン川が見える。俊子は「ナイスビュー」と苦しい身体で喜んでくれた。

しかし、相部屋から個室とは。費用の心配が頭から離れなかった。焦りと不安。相も変わらず病室には次々とスタッフが訪れ、検査、点滴が行われている。しかも俊子には病院の食事が口に合わないようだ。チキン、チーズ、ポテトの繰り返し、たまにチキンがターキーやサーモンに替わるくらい。

健常者の私ですら「またか」と思うほど抵抗を感じた。日本のように患者が食べた量を報告している様子もなく、時間が経てば無条件にトレイをスタッフが回収した。

「この病院に栄養士はいないのか？　早急に食事の件で話をしたい」と国際部に伝えた。

それまで、日本から持参していたレンジで温めるご飯をおにぎりにしたり、施設内にあ

ある日のメニュー――左手前にあるのが追加されたバランス栄養飲料。最後までアメリカの病院食には馴染めなかった

る職員用の店で具だくさんスープを購入してしのいできた。トマトベースのスープは意外とおいしかった。餃子も気に入ってくれていた。しかし、お粥のような食べ物は最悪であった。

栄養士と話し合った結果、バランス栄養飲料が追加された。栄養士からは「毎食（栄養飲料を）出すようにしたので、これだけはできるだけ飲むように」とのことであった。しかし、トレイにはバランス飲料どころか、2、3切れのブロッコリーだけが出てきた。

――ふざけるな、もうええ加減にせいよ、責任者を呼べ！　言うのもあほらしい、

6F個室の窓からの眺め。建物の間に見えるのがハドソン川

けど言わないとな……はぁーっ。

責任者かどうかはわからない人が来た。

私は皿のふたを開けて問い詰めた。

「これが今日の昼食ですか？」

突如現れたブロッコリーに、その人は驚き謝った。

――文化の違いとかとは別ものだろう。意識と責務の問題とちゃうか？　本当にあきれた！　この人たちは医療に従事して生命を守るという意識を持っているのか？　ここでの仕事はただ生活のためだけか？

国際部にもクレームをつけた。

「もう、しんどいわ」

「どうしました?」

「ほんま、この病院はええかげんやな」

「何がですか? どうされましたか?」

「もうパフォーマンスは、ええってや」

「何がパフォーマンスなんですか? 井戸さん、心外ですよ」

「何が心外や、その場しのぎやと言っているだけやて。日本で言うところの大企業病やね。命を守る関係の任務に自分たちは就いているのだ、という意識があまりにもなさすぎるね。肌に伝わってくるものがまったくないな。これでお金だけきっちり取るんか、完全なビジネスやね」

こう伝えると、担当者は、「マネージャーを交え改めて話を聞かせてほしい」と言ってきた。

「どうぞ、いつでも」

――とにかく行動を起こさないと改善がまったくされない。お国柄か、病院の体質か?

どちらにせよ、黙っていると、看護師の作業を妨げない、いい患者さんという考えのように見えてしまう。

日本人看護師に日本を思う

この日初めて、コロンビア大学病院に勤務されている日本人看護師のサトミさんが病棟を訪ねてきた。

「初めまして。今日、明日と私が担当させていただきます。よろしくお願いします」

私は、サトミさんのこの言葉を聞き、日本の病院を思い出した。

――ニューヨークにいても、日本人らしい方だな～。これだよね～。

コロンビア大学病院には日本人看護師が二人勤務していた。そのひとりが偶然にもこのフロアの担当であった。言葉の壁に悩んでいた私たちには、とてもラッキーだった。

サトミさんは、初めて逢った私たちに自宅住所、連絡先、勤務日程まですべてをオープンにしてくれた。

「何かあったらいつでも連絡してくださいね。街の案内もしますよ。とにかくこの国は何でも言わないとダメです。黙っていても誰も何もしません、してくれません。日本のように気を回してくれるなんて期待してもダメですよ。井戸さんは6階スタッフ、私たち看護師の一番人気なんですから。どういう意味かはわかるでしょう?」とも言ってくれたのである。私は心中『やっぱりそうやったか。看護師の作業を妨げないおとなしい、いい患者と思われていたんやな』と納得した。

久しぶりに会話が弾んでいたところへ、加藤ドクターが現れた。

「徐々にいい方向へと行っている。この状態をクリアしたら次はリハビリの階へ移動となるね」

私は心の中で『えっ、ずっと入院か? 先日外来の話をしていたじゃないか。ダメなのか? あの話はなくなってしまったのか?』と悶々とする思いだった。

その上、加藤ドクターは2週間ほどヨーロッパの学会出席で病院を留守にすると言ってきた。

——加藤ドクターが不在の間に移植となったら執刀は誰がするんや? 逆にこの2週間

は手術を行わないつもりなのか？　病院側はどう結論付けているんや？

いろんなことが頭をよぎった。しかし、加藤ドクターから答えはなかった。

翌朝、日曜と夏最後のバケーションの関係で、渡米後初めてといっていいくらい静かな朝を迎えた。病棟にはほとんどドクターも看護師の姿もなく、当然いつもの巡回、突然の検査もなかった。

——あまりにもはっきりしすぎている国だな、この国は。日本では考えられない。相手は病人やで。たとえるなら「警察が今日は定休日ですから」と言っているようなものだ。

やればできる

以前から、国際部に出入りするスタッフにシャワーの件でお願いをしていた。しかし、院内では小児病棟以外、そうしたことは行わないらしい。病棟のシャワールームは衛生上問題があり使用を許されていない。免疫力がないのも理由だそうだ。

また一日が暮れようとしている。俊子にとって一番不安な夜が来る。明日はマンモグラフィー、骨粗《こつそ》しょう症の検査が入っている。一体どれだけの検査をすればいいのか？　患者の容体はまるで二の次のように思える。しかし、急ぐと言われれば、返す言葉もない。

翌日、病棟へ行くと「頭が痒《かゆ》い」と俊子が訴えた。入院後、一度も洗髪していない。こちらのスタッフにいくら頼んでも、「大人の病棟では頭を洗う習慣がなくてできない」と答えるばかりで埒《らち》が明かない。

俊子のストレスも頂点に達し、私は藤田さんに説明し、「横になった状態で身体をずらして頭を洗わせてもらいます」と強硬手段に出た。

「ちょっと待ってください」と止められると思っていたのに、藤田さんからは意外にも「私も手伝いますのでちょっと待って」と協力が得られた。

ベッドの隙間を利用しビニールを敷き、藤田さんと二人で「ああしよう。いや、こうしたほうがいい」と、そのうちに俊子も話に加わって、私たちは何の問題もなく洗髪を終えた。俊子もようやく頭のストレスから解放され喜んでくれた。

スタッフは目を丸くして皆驚いていた。中には「どうやってできた？　是非教えてほしい」とドクターまでもが病室へ飛んできた。

――私は、そんなにたいそうなことか？　やればできるやないか、余計な仕事を抱えたくないだけやろ。

半ば呆気にとられつつ、内心『もう皆さんお芝居が本当にお上手で。はいはい、もうパフォーマンスはいいですよ』という気分だった。

これで、シャワーの件は解決できた。

看護師のサトミさんが寄ってくれる。

「昨日、家で作った焼きそばを持ってきたんですが、よかったら食べてください。それと、余り物ですけど……」

そう言いながら紙袋一杯にゼリー、ジュース、サンドイッチを置いていく。担当外のときでも意識して顔を出してくれた。違う病棟に勤務するもうひとりの日本人看護師、マユミさんも勤務が終わった後、差し入れを持って訪ねてきた。マユミさんは、「食材を買いに行く時間もないでしょう。言ってもらったら買ってきますから」と申し出てくれた。恐縮する私に、「遠慮は無用ですよ。どんどん言ってくださいね」と、とても温かい言葉をかけてくれた。

院内では日本人の看護師の人たちのサポート、院外では川口さん、ハート・トゥ・ハートのスタッフの厚意にあずかった。ただただ、甘えさせていただくしかなかった。

過酷すぎる条件

渡米初日より行っていた検査の結果と移植待機リスト登録の方向性が出たと、内科ドクター、エドワード氏に私たちは呼び出された。

――以下、エドワード氏による話。

今回の審議において、移植待機リストへの登録は残念ながら行われなかった。ドクターたちの意見も完全に二つに分かれた。理由は大きく四つ。

一つ目は、手術後の体力が残っているかどうか。現在の車いすでの移動では、とても手術に耐えられる体力が残っているとは思えない。今後、外来を杖で歩行するなど気力、体力が十分なことを、今回反対したドクターたちにどこまでアピールできるかがポイントになる。

二つ目は、再移植手術によるリスクの高さを考えると、手術後、ご主人もともに1年間はニューヨークで生活し、予後の手助けをしてもらう必要がある。それは可能か。

三つ目は、検査結果をもとに、さらには過去の患者の例を参考にしても、治療費の合計は約ワン・ミリオン（百万）米ドル、手術後約1年の治療が必要と思われる。すなわち、医学的な条件のみならず、経済的な条件をクリアしてもらう必要がある。

ついては、以前に交わした支払いの契約及び概算請求をいったん破棄し、新たな契約を結びたい。もちろん治療の結果にかかわらず治療費の支払いが生じること、さらには移植待機リストに載る前に治療費の支払いについて話し合い、支払いの契約を新たに結ぶ必要があることを理解し、合意、署名すること。

四つ目は、一つ目から三つ目まで、すべてをクリアしたとしても手術の成功をなんら保証するものではないことを理解すること。

この四つの条件をすべて満たした場合にのみ、移植待機リストに載せるかどうかを再審議する。なお、二つ目、三つ目、四つ目については、同意書を作成し、ご主人のサインをもらうこととする。

——いまさら何を勝手なことばっかり言っとるんや。日本での内容はすべて嘘か。いや落ち着け。なんやって！　とんでもない状況になってるぞ、とにかく、えらいことになってるぞ、どう考えても納得できない。今の入院費用は別か？　無理や！

私は茫然とした。その後ドクターからの質問も、通訳から呼ばれていたのにもまったく気づかなかった。頭の中が本当に真っ白になってしまっていた。

ドクターは即同意書にサインを求めてきたが、私は「即答はできない、時間をいただきたい」と言ったが、ドクターはさらに追い打ちをかけるかのように「メルドスコア（肝臓、腎臓の重症度を示す値）が渡米直後より10アップ、現在38だ。これ以上は危険だ。週末にも再審議と考えている。移植待機リストに載せれば彼女の順位はおそらく全米1位になるだろう」と告げ、部屋を出ていった。答えを待ってもらう猶予はもう残されてはいなかった。

ドクターが病室から出ていった後、同席していた藤田さんに尋ねずにはいられなかった。

「あなたはこの話を事前に知っていたのか？」

「いいえ、今はじめて聞きました」

　今までの流れの中で出てくる答えは予測できたが、思わず聞いてしまった。

折り合わぬ支払い交渉

　私は早速日本の関係者と連絡を取り、今日の話の内容を説明した。と同時に、国際部との交渉にも入っていった。私は国際部に質問した。

「何も今すぐにワン・ミリオンではないでしょう？　そちら側の案はいかがなものですか？　すでに答えは出ていますか？」

「もちろん、すぐに全額支払ってくださいということではありません。ただ、治療の結果いかんにかかわらず、支払いが生じることを理解し、その時期や方法について病院と契約を結ぶ意思があるかどうかということです」と担当者は言う。

　私は、話は日本の関係者にすでに伝えていること、答えについては時差の問題等で、もう少し猶予がほしいということを伝えた。国際部のほうも、この件については改めて話し合うことにしましょう、ということで、とりあえず落ち着いた。

　最後に私から一つ質問をした。

「もしですよ、支払う意思はあったとしても、すぐに支払えない場合に待っていただくということは考えられるのでしょうか？　その場合、私たちはアパートで待機と考えていいんですね？　資金が集まるまで、目処がつくまで病院の外で待つと」

　百万米ドルという金額は到底すぐに用意できる額ではない。私が当然と思っていたことを話すと、国際部からは予想外の返事が返ってきた。

「いえ、違います。エドワードドクターから出た話ではありますが、支払いの問題はあくまで国際部とのやり取りです。仮に支払えなかったとしても、コロンビア大学病院としては井戸さんを受け入れた以上、医療チームは患者さんを最優先に動いてきます。支払いの問題は、あくまで国際部との間の問題です」

「いや、ちょっと待ってください。支払えないいんですよ？　それでも治療を行っていくということですか？」

「その通りです」

「もし支払えなかったらどうするんですか？」

「最終的にはアメリカ国民の税金によって補填《ほてん》されることとなり、解決されるでしょう。しかし、今後日本から再び臓器移植を必要として渡米される患者さんが出てきたとしても、私どもコロンビア大学病院では日本人患者受け入れのリスクを回避することとなるでしょう」

「ちょっと待ってくださいよ‼　それって脅しと同じじゃないですか！」

「このお話をどのように受け取られるかは、そちら側の問題です」

国際部との話し合いは答えが出ず、そのまま病室へ戻ると、加藤ドクターがやってきた。

「血液検査が悪かったけれど、ここ最近何かあったの？」とやんわりと笑みを浮かべながら、それとなく気分をほぐしてくださる。おかげで俊子の緊張した顔も、リラックスした、いつもの笑顔に戻っていた。

加藤ドクターがエドワードドクターの説明不足のお詫び、血液検査による診断、移植待機リスト登録について自分としてはどんな考えでいるか1時間程度話してくれた。

その要点はつぎのようなことであった――。

やはり、一日も早くここから退院するということがまず必要。外来に松葉杖で通院できるようになれば、反対したスタッフに対して気力、体力も十分なことのいいアピールになる。また、移植手術後の1年という滞在期間は気にしなくていい。彼らの言っているのは、あくまでリハビリも含めての話。日本でできないのは移植手術だけなんだから。リハビリなら帰ってからでもできる。1年もこの病院にいたら治療費はいくらあっても足りない。状況を見て、日本に帰ってもらう方向で考えているから心配は要らない、と。

「とにかく日々のプロセスが大事なんだ」

最後にそう念を押されて加藤ドクターは出ていった。私にも俊子にとっても、とてもきつい一日であった。

超危険地帯で4時間さまよう

入院生活はその後も続いたが、9月を前に自宅での療養を検討しているとの話も伝わってきた。

待機するアパートで点滴治療を行うには、ピックラインでの点滴が一番望ましいとのことらしい。

ピックラインとは、血管内にカテーテルをある程度の長さ挿入し、外側からは、差し込み口だけで点滴を行う。注射針を刺すわけでもなく、看護師の指導のもと一般の人にも行える処置法である。

本来ならば病院で行うほうがよいのだろうが、今後の医療費の面も考えて、加藤ドクターと相談した結果であった。それに病院から出ることで、ストレスの解消にもつながるにちがいない。

月ががわって間もなく、渡米後そのままになっていたアパートと契約を交わし、いつでも移ってこられるよう準備を進めた。病院のゲストルームでの宿泊も解約し、私もアパートから病院に通う生活へと変わった。

朝8時地下鉄に乗り、途中乗り換えもあったため、49ストリートでエクスプレスを待っていた。降りた駅から病院へ。しかし、歩いても歩いても病院が見えてこない。

——方向を間違えたのだろうか？

さまよい歩くこと約1時間、仕方なく国際部の藤田さんに連絡し、道に迷ってしまったことを伝えた。

「何か目印になるようなものはありますか？」と藤田さんは言う。私は辺りを見回したが、特に目印になりそうなものはなかった。

「高い建物もないしな〜。あっ、167ストリートと看板に出ているね」

「あっ、わかりました。通りを一つ間違えていますね。もう少し歩いてください。168ストリート方向を目指してください」

「そうですか、わかりました」。とりあえず電話を切った。

しかし、168ストリートは出てきたものの記憶が蘇らない。

——何かおかしい？

思い切って、向こうからやってくる人に道を尋ねてみた。相手にこちらの話は伝わっているようだが、聞く人聞く人すべてが何か興奮したような口調で、とにかく早口で内容がさっぱりわからない。

――挙句の果ては英語も通じない。何で？

看護師のサトミさんへ電話しても、自分の居場所を伝えられない。日本語で話しても通じない。徐々に焦ってきた。タクシーもまったく通らない。

――俺は今いったいどこにいるんや？ どうすれば解決できる？

自分が降りた駅もどこだかわからない。さまよい歩くこと実に4時間。ようやくサブウェイ（地下鉄）の表示が見えた。

現在地を表示している地下鉄の地図を求めて、とにかく駅へと向かった。地図を見て驚いた。ストリートは一つ違いだけど、全然違う場所にいるのがわかった。

乗り換えた車両がブロンクス行きであったらしい。（ブロンクスの辺りはヒスパニック系の人たちが多く住み、スペイン語が飛び交う地域であるのを後で知った。）

病院へ着くと午後1時を回っていた。歩き疲れた私に、サトミさんから「今日はゆっくりですね。どこからの電話だったんですか？」と声をかけられると、俊子からは間髪を入れず「遅い！」とのきつい一言が浴びせられた。

そこへ藤田さんと国際部マネージャのブライアンさんがやってきた。いま病院に着いたと話すと、「えっ、電話をもらったのは9時頃でしたよね？　それが今ですか？」と藤田さんはとても驚いていた。仕方なく私は自分がどこにいたかを説明した。

「実はヤンキースタジアムよりさらに北上した場所からの電話だったんですよ。ストリートは一つ違いだったんですが、全然違う場所からの電話で、どうやら乗り換えに失敗していたみたいでね」

藤田さんはブライアンさんにその内容を通訳していた。すると、ブライアンさんから止《とど》めの一言が放たれた。

「嘘だろ！　あんな治安の悪いブロンクスから、よく無事にここまで帰ってこられたね。ハーレムに匹敵するくらいに危ない場所だよ。何も起きなかったのが不思議だ。恐ろしくて僕はいまだに行ったこともない。しかも4時間も歩いていたって？　信じられない！」

笑い過ごしていいのか、病室は一瞬にして、何とも言えない雰囲気になった。

アパートから通い始めて数日後。9月10日の夕方、アパートからの通院が認められた。実に渡米からおよそ3週間後のことであった。

支援団体とのやりとり

費用について日本から返答があった。

「何も今すぐに全額が必要ではないでしょう。国際部との話はどういったことになっていますか？」。私が国際部に質問したことと同じであった。

「はい。今すぐにワン・ミリオンということではありません。まず、移植手術を受けるにあたり、国際部はデポジットとして60万ドルの維持を要求してきています。その上で、その後発生した費用については随時状況を知らせ、月々最大5万ドルを送金してもらうといった内容です。

渡米後2週間の入院費として約15万ドルがすでにデポジットから引かれています。すなわち、現時点では35万ドルの送金が新たに必要になります」

「そうですか。受け止める以外にありませんね」

「お願いします。患者を最優先に考えているために、医療費の支払いの有無に関係なく、医療チームは最善を尽くしてくれるそうです」

忘れかけた時間

退院後しばらく、俊子は退院できたのがよほどうれしかったのか、食べることも忘れ、しばらく寝入っていた。ようやく二人だけになれ、緊張や気遣いから解放されたのだろう。

そんな中、早速アパートに点滴の器材や薬が届けられた。

また、日本からのメールも入ってきた。その内容とは、代表を含めた他役員の脱退および、これまで窓口になっていた支援団体との関係解消を知らせるメールであった。新代表には喜田さんが就き、トリオ・ジャパンを改めて支援団体の窓口にした体制での再出発となる、とのことだった。喜田さんが、伊丹空港での私の頼みを実現してくれたのだ。

今までの状況をすべて知っている二人が窓口になってくれ、肩の荷が少し降りた。とてもありがたいメールであった。

点滴処置について看護師の指導があった日、休暇にもかかわらずマユミさんが駆けつけ通訳してくれた。翌日からアパートでの点滴処置となり、理学療法士によるリハビリも始められた。

外来のないときは朝6時から点滴処置、外来のあるときは4時からの点滴で、指示通り2時間ゆっくりと時間をかけて行う。私はその間再び1時間ほど横になり、その後、食事の準備という生活が始まった。

食欲もそれほどなかったため、消化のいいお粥などを作り励まし続けた。自宅での療養とはいえ、すでにひとりで動くのもままならない状態だった。日々の状態の変化をいち早く掴むため、自宅での様子を記録に残すことにした。また食事やトイレのときなどはできるだけ歩かせた。少しでも筋力の衰えを防ごうと気を配った。

「もう少し歩けそうか？」と聞くと、「うん」と俊子は笑って答えた。

「よし、この壁まで歩こうか。いいぞ、その調子、頑張れ」

俊子は満身創痍《まんしんそうい》の状態であったが、笑みを浮かべリハビリに励んだ。不定期であったが日本へ発信しているブログには、俊子の状態は載せないようにした。肝臓を休ませるためにも、本来ならばベッドの上で安静にしていなければならない患者が、移植手術に向けて体力強化につとめなければならないという信じ難い現実。日々の状態を見ている私にはとても辛かった。しかし、その方向へ進むしかもう道は残されていなかった。

看護師のマユミさんから紹介してもらった理学療法士のヒロミさんは、広島県出身の日本人であった。本当に気さくな人で、日本にはいないタイプ。とてもフランクで、何でも相談できる〝姉《あね》さん〟のような存在だった。あの藤田さんが「私よりアメリカンな方です」と認めるほどだった。

週3日2時間の治療は、俊子も気が合うのか女性同士で話が弾んでいた。私でさえ、二人の話にはなかなか入っていけなかった。ありがたいことに、食事の件でも一緒にスーパーまで行って、日本人の味覚に合う食材を教えてもくれた。

アパートで過ごすようになって1週間から10日間ほどは、すべてがいいほうへ働いていると感じていた。唯一気がかりだったのは、感染を防ぐための点滴を刺した箇所が内出血し、腫《は》れていることだった。外来でも診てもらったが、免疫力が低下している状態では、よくあることとの見解であった。

　ところが、そのうちにひどい痛みを訴えだしたので、外来日にエドワードドクターへ相談。しばらくすると加藤ドクターも処置室へやってきた。

　結局、腎機能の数値や薬の投与期間も考慮した上で、ピックラインを取り外し点滴を終わらせることになった。不安もあったが幸いに痛みは引き、俊子は久しぶりに笑顔を見せ、アパート周辺を散歩したいとまで言った。

　車いすでアパートの周囲を散策、スーパーにも立ち寄ったところ、惣菜の量り売りコーナーで偶然取材を受けたＮＨＫの記者の方と遭遇した。俊子も一緒になってしばらく談笑できるほど、痛みから解放されていた。

　忘れかけていた世間での当たり前の時間を過ごすことができた。

　しかし、この時間も長くは続かなかった。

四章

届かぬ思い

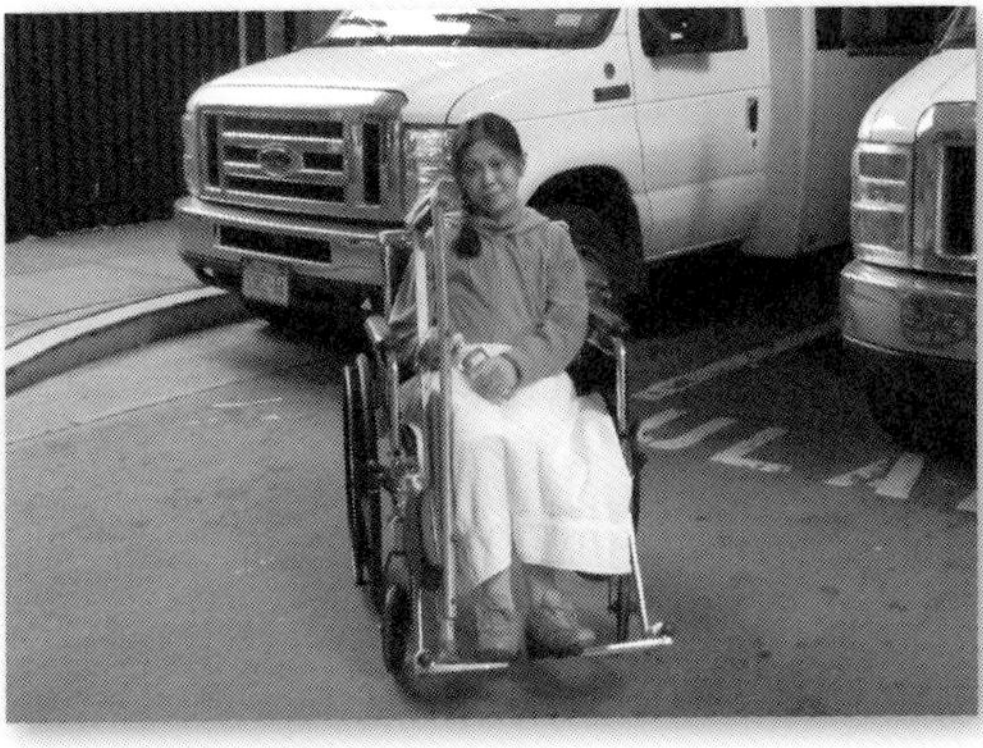

（章扉）アメリカに到着した翌日、ブログの更新用に撮った写真
（2009年8月20日）

9月25日、俊子は再び痛みを訴え、尋常ではないほどの痛み方に変わってきた。医療通訳を通しドクターの対処を求めたが、とりあえず近くの薬局で痛み止めを購入して、様子を見てほしいと言われた。

このときも日本から持参した薬の服用は認められなかった。少し痛みは治まったみたいだが、とにかく交渉し続け外来日を前倒しにしてもらった。処置室での対応を見ながら、おそらく再入院の話が出てくるのではないか、私はそう予感した。

このとき、血小板《けっしょうばん》の輸血を5～6時間かける予定ではあったが、急きょ血液の輸血へと変わったのである。血液凝固の数値が悪いため、血小板の輸血と同様に点滴は5～6時間かかる。

俊子が自宅療養となり24時間介護の状態がしばらく続き、私もほとんど睡眠時間がなかったため、仮眠を取るためいったんアパートへ戻らせてもらった。

再び病院へ行くと、血小板の輸血が始まっていた。痛み止めがあまり効いていないらしく、何度も痛み止めの処方をお願いしたが、「何とか踏ん張ってもらうしかない」と退けられた。

身体はギリギリのところまできていた。しかし、それでもドクターがくる度に「何か策はないのですか？」と、痛み止めの処方をお願いし続けた。一人のドクターが処置室へ来た。痛み止めのモルヒネを少量投与するのをドクター同士で相談している。しかし、量を間違えるとそのまま昏睡《こんすい》状態になってしまう恐れがあるという。もうギリギリの選択であった。結果的に極少量投与された。

痛みが退いていったのか、苦しんでいたときの奇声や動きが徐々に緩和されていった。仮にこの状態でアパートへ戻ったとしても、私には何もしてあげられないのはわかっていた。すでに答えは出ていた。

ドクターから、再入院が必要なため病室を探しているとの連絡が入った。もう選択肢は残されてはいなかった。病室は前回と同じく6階でこの間の部屋の真向かいと決まったが、ハウスキーピングがなかなか病室へ来ない。私たちは6階待合室で待機していた。病室を何度か見に行ったが、当日退院した患者が使ったまま放置され、まるで盗人《ぬすっと》が入ったかのような状態であった。

看護師に「いつ入れる？」と問いかけるものの返答はあやふや、そして、ようやくハウスキーピングが部屋へ来た。患者のことなどどこへやら、唄を歌いながら腰を振りながら掃除をしている。本当にマイペースな国である。

待つこと約2時間、ようやく部屋へ入れた。当日の処置が終わったのを確認し、私はいったんアパートに戻り、改めて明日の朝にくることにした。時間はすでに午後9時を過ぎていた。治安が悪いためあまり遅い時間帯は出歩かないようにと、前々から注意を受けていたのを思い出し、地下鉄や人通りの少ない場所を避け、この日はタクシーで帰った。

日本からの定期便

アパートへ戻ったのは午後10時半頃であった。

冷蔵庫を開けると先日、俊子が元気を取り戻してくれたときに買った総菜やフルーツの残りが目に入った。

「あの時の出来事は一体なんやったんやろう?」——。しばらく食べることも忘れ考えた。

厳しい状態が続き、次々と状況も変化していく中、私自身の精神状態も不安定になり、平静を保つのもままならなくなってきていた。

そんな中、私の状況を気遣って、毎日、日本から連絡をくれたのがトリオ・ジャパンの荒波さんであった。

俊子とアメリカに来られたのは、この人との出逢いがあったからこそと、今でも思っている。この人と出逢えていなければ、私はとっくにつぶれていたかもしれない。

今日の出来事、明日以降の予定、今後の見通しなど、今までのすべてを知っている荒波さんは、まさに私の心の拠り所であった。荒波さんのおかげで折れかけた心を再び取り戻すことができ、何度も助けてもらった。そして、この時も……。

次の日、いつもより早くアパートを出て病院へと向かった。電話はなかったが、道中、何も起こっていないことをだけを願った。

まず、病棟へ行き、顔を見る。ひとまず大丈夫そうだった。次に、私がアパートに戻っていた間のことや現在の容体、トイレ、食事と順に聞いてみる。医療通訳が必要と思ったらすぐに連絡をする。不愉快な対応をされたと思ったら、すぐに国際部へクレームを入れる。

すべての通訳の方が病院内のスタッフではなく、派遣の人もいたために、初めは患者・家族からの直接の仕事の依頼は受けられないと言われた。しかし、患者・家族側にそんな事務的余裕などない。私は彼らの立場にも配慮したうえで、「もしも何かあなたが責められるようなことがあれば、いつでも言ってください。私が国際部の方と話をしますから」と説明して了解を得た。

事務手続きも日を追うごとに言われることが少なくなった。と同時に、通訳の人も明らかに私たちの状況を意識してくれている。看護師も以前より中へ入ってきているのを肌で感じた。

右も左もわからず、「何とか妻を助けたい。命を救ってあげたい」との思いだけで、文化も言葉も異なる国へ飛び込んだが、人の思いは国や文化、言葉の違いをもすべて取り除いてくれることを確信した。

朝から夜半まで病棟で過ごす中、渡米時に同行してくれた神戸市立医療センター中央市民病院移植外科、瓜生原ドクターが、忙しいにもかかわらず定期的に連絡をくれた。瓜生原ドクターは、俊子の病状や現状について話を聞いてくれ、さらには私自身の生活まで気にかけてくれた。

「今、ご主人が倒れるわけにはいかないんですよ。私も留学中にはよく缶詰に助けられました。魚を中心に食べましたね。焦る気持ちはわかりますが、ただお腹にたまればいいというのでは絶対にダメですよ。とにかく栄養面に気を配って食事をとらないと」

その言葉を聞き、我に返る。

――確かに倒れるわけにはいかないんや。闘いは長期になるだろうし、異国で路頭に迷わすこともできない。とてもありがたい指摘であった。

言葉にならぬ思い

病棟で義妹夫婦と初めてＳＫＹＰＥもできた。１ヶ月以上も顔を見なかったことはないほど、仲の良かった姉妹。画面にそれぞれの顔が出た瞬間、それまでの張り詰めていた思いが爆発してしまったのか、お互いの顔を見ながら二人とも泣くばかりであった。唯一聞かれた言葉は、「お姉ちゃん」という一言。それ以外の会話は一切なかった。しかし、気持ちは十分に伝わっているようであった。

横にいた私は、この状況をただ見守ることしかできなかった。掛ける言葉も見つからなかった。

この頃、私の病棟での過ごし方は、洗濯や検査への同席のほか、日本でお世話になった人たちに宛た手紙の執筆、不定期ではあったがブログの更新などに時間を費やしていた。さらには、国際部との話し合いや、支援者への報告、現地でサポートしてくれている人との連絡など、限られた時間を無駄にはできないと、忙しく過ごしていた。

待機リスト1位に

この日、外来ドクターが病棟を訪れた。手に一枚の書類を持っていた。そこには俊子が移植待機リストに載ったことが記されていた。

8月中旬にアメリカへ来て1ヶ月と少し、様々な大きな壁にその都度ぶち当たり、それでも何とか乗り越えてきた。光が差した瞬間であった。

しかし、ドクターからは、「登録はされたが現在の検査状態を見ると厳しい状態に変わりはない。Ｔｏｓｈｉｋｏ　Ｉｄｏのメルドスコアは43である。極めて厳しく予断を許さない」とのことだった。

全米臓器分配機構（日本でいう臓器移植ネットワーク）への登録も、40がシステムの上限であると示されていた。「おそらくアメリカ全土の肝臓移植待機者の1位になるだろう。

ドナーが現れるのは時間の問題だ」とドクターは言って出ていった。

しばらくして、ドクターより予想通りトップという報告を受けた。9月28日のことであった。しかし、このときの俊子の様子が今までと何か違い、少しずつ容体が変化してきていることを感じていた。

ドクターが入ってきても目を開かない。いつもの笑顔がない。呼ぶと驚いた顔で笑みを浮かべるが、また目を閉じる。肝性脳症《かんせいのうしょう》による意識障害を起こしているのだろうか。明らかに反応が今までと違う。

移植待機リストに載り、1位で待機していることを神戸市立先端医療センター田中ドクターと、瓜生原ドクターへ報告をした。田中ドクターは、「もう少しですね。難手術になるだろうが、頑張って。元気になって日本へ帰ってきて」と励ましてくれた。瓜生原ドクターと話しながら、俊子が「お土産は何がいいですか？　……わかりました。I　LOVE　NEWYORKのTシャツを買って帰りますね」と笑って答えていたことを今でも覚えている。

「ずっと一緒にいたい」

検査結果後、一般病棟からＩＣＵへ移動することとなった。

トイレへ行きたいと言う俊子をいつものようにベッドから起こし、抱きかかえ歩行の補助をしようとしたときだった。俊子が「抱きしめて」と、突然言ってきた。

驚いた私が「どうした？」と聞くと、「いつも一緒」と俊子は答えた。「ずっと一緒にいたいー」。

「もちろんよ。もうあと少し、頑張ってね」。こう言って俊子を抱きしめると、俊子は「頑張る」とうなずいた。

私はこの時、この身体で、異国でしか闘う場所が残されていないこの不条理さに、「くそっ！」と憤りのあまり涙が出てきた。どこにこの気持ちをぶつければいいのか。

このときの俊子の行動が、手術が近づいてきた不安のせいなのか、あるいは今までと何か異なる容体の変化が起こっているせいなのか、わからなかった。

医療現場ではあらゆる策が投じられた。スタッフの動きも今までとどこか違う。

移植まであともう少し。何とか持ち直すきっかけになればと、窮余《きゅうよ》の一策を思いつき実行した。私は会の代表である喜田さんに、俊子の母親と妹の現地入りの手はずを急ぎ整えてもらえるよう伝えたのである。二人には私が連絡し、便の手配等は喜田さんが行ってくれた。

5日後の10月3日の土曜日には日本を発つとの連絡を受けた。その日の夕方、ICUへの移動が決まった。

病棟はICUへの移動を行うためのスタッフで一杯になった。ようやく移動先で落ち着き、ほっとしたとき、時間はすでに晩の8時を回っていた。

その夜、アパートへ戻っていた私の携帯電話が鳴った。俊子からであった。

「来てほしいな」と、俊子は寂しい声で言ってきた。

私は「わかった。すぐに行くから」と伝え、時間を見た。午前3時であった。現地スタッフから夜遅くには絶対に危険だから出歩くな、と聞いていたが、まったく迷いはなかった。

リストからの登録取り消し

病院へ着き、すぐさまＩＣＵへ。

「どうした？　大丈夫か？」

俊子は鼻からの出血が止まらないようだった。

「もう大丈夫、ずっといるから安心して」と、私は俊子の手を握った。しばらくして、出血も止まり状態も落ち着いてくれた。

その晩から、私と医療通訳とで24時間態勢で看護することになった。私の担当時間は夜9時から翌日昼前後までで、医療通訳一人がつく。その後は医療通訳二人によるシフトが組まれた。この案は国際部のマネージャー、ブライアンさんが「このまま行けばご主人までもが間違いなく倒れてしまう。ひとりでの対応はこれ以上絶対に無理だ」と、提案してくれたものだった。

医療通訳の人たちも、本来なら通訳に徹する任務にもかかわらず、ケアも含め協力的に動いてくれた。しかし、依然、血液凝固の値が悪かった。とにかく血が止まりにくい。

9月29日、ソーシャルワーカーのジェシカさんが一枚の書面を手渡してきた。移植待機リストへの登録は休止しました、という内容であった。ドナーが出てきたとしても、コロンビア大学病院への連絡はなく、次の待機者へ臓器は移植される。

正直、書面の内容をみて「なんで?」と思ったが、ここで、深刻になったりせず、「まだチャンスはある。ここまで、色々な難題を乗り越えてきたんだし、俊子も乗り越えてきてくれた。もう目の前やないか」と、できるかぎり楽観的に考えた。

最後の1週間

この頃すでにICUのスタッフは私たちの出入りを24時間許可してくれていた。私は夜中2回ほどたばこを吸うため、病院の外に出た。病院の周りは各階の空調室外機から出る水がそのまま流れ落ち、霧雨のような状態であった。しかし、治安が悪く危険なためあまり遠くまでは行けない。周囲を警戒しながらさっさと吸い部屋へと戻る。

玄関出入り口の警備の人もすでに私を覚えてくれていた。コミュニケーションはできないが、患者の状態が悪いときの家族にコミュニケーションは不要だった。私の表情を見て、ときどき笑みを返してくれた。私は軽く会釈するので精一杯だった。

病院内への出入りを止められることもなくなった。来た当初、ブライアンさんが、「もし警備に止められたら私の名刺を見せるといい」とそのときにもらった名刺を差し出したこともあったが、却下され院内へ入れない時もあった。

アメリカ全土かどうかはわからないが、コロンビア大学病院は院内に入るときには、パスポートや身分証明証の提出はもちろん、どこの誰と逢うのか、どういう関係かを必ず聞かれた。そして、一日かぎりの許可書が発行され、入口で発行書を警備員に見せて院内へ入る。何かあったら、すべて病院側の責任が問われるからだ。日本の病院よりはるかに厳しく警備体制が敷かれている。

10月1日、ＩＣＵで俊子はもはやひとりでは起き上がることもできず、ベッドの操作もできなかった。何とか土曜日まで頑張ってくれ！　待ち遠しかった。

「俊子、お母さんと妹の里美が土曜日にここへ来るからね。頑張ろうな」

「今日は何曜日？」

「今日は木曜日、もう少し待ってね」

俊子とこんなやり取りが何度も続いた。持ち直してくれることを願って元気づけるために、何度も何度も。

遠く感じた病院への道のり

2日、ようやく再会前日の夜が来た。あと、半日だ。この夜は私と医療通訳のベー・スー・ユェンさん（マレーシアの方）とで担当。ベーさんは、「ちょっと席を外しますから」と言って出ていった。戻ったベーさんは、私に夜食を買ってきてくれていた。それも日本食だった。「井戸さん、懐かしいでしょ、体力付けてください」と言って差し出してくれた。

翌日の朝9時半、病院からJFK空港へベーさんと向かった。受け持ち時間を過ぎていたにもかかわらず、ベーさんが付き合ってくれた。

空港へは、サトミさんも駆けつけてくれた。到着時刻より20分遅れている表示があった。乗った便が着いたとアナウンスされた。ゲート前で今か今かと待ち、さらに30分ほどしてから義妹が出てきた。そして俊子の母親が続いた。紹介もそこそこに、すぐ病院へ向かった。

昨夜から、病棟で一緒だったベーさんとは空港で別れた。空港から病院まではサトミさんが引き継いでくれた。たまの休みを、この日のために使ってくれていた。周りのスタッフもそれぞれの役割について、すでに打ち合わせをしてくれているようだった。無我夢中の私には、そんな状況を察する余裕もなかった。「少しでも早く逢わせてあげたい」。ただ、その思いだけだった。

ＪＦＫ空港から病院のある１６８ストリートは縦長のマンハッタンでは端から端。フリーウエイ（高速）でも道中40～50分はかかる。８月に来たときとは違い、とても遠い道のりに感じた。

「まだか……」

車中での会話はとくになかった。ようやく病院へ着いた。看護師のサトミさんが社員証を持っていてくれたので、玄関の出入り口は問題なくパスできた。ＩＣＵは４階。足早に病棟へ駆けつけた。焦る気持ちを抑え、病棟へ入る前に感染防止の服を着衣するのだが袖がなかなか入らない、イライラ……

そして、ついに対面のときを迎えた。「俊子、里美と、お母さんが来てくれたよ！」俊子の目が動いた。二人の顔を見て、笑みを浮かべた。

「頑張って！　あと少しなんやから。もう手術は時間の問題よ。お姉ちゃん頑張って！」。懸命に呼び掛ける。「お姉ちゃん聞こえる？　聞こえてる？」

「うるさい！」

すぐに俊子から反応があった。義妹はその反応で少し落ち着いたようだった。母親のほうはマイペースだった。場の状況を察することもなく、「俊ちゃん、俊ちゃん、わかる？お母さんよ。俊ちゃん！」と呼びかける。

「お母さん、うるさい」。今度は義妹が止めに入った。

高まる緊張と焦り

この日は偶然にも、アパートでリハビリをしてもらっていた理学療法士のヒロミさんが見舞いに訪れた。その後、マユミさんも。マユミさんは私たちのためにカレーを作り持ってきてくれた。ニューヨークにいるにもかかわらず、ＩＣＵは日本の人たちで一杯だった。

私はもうひと踏ん張りと願いつつ、俊子の妹、母親が落ち着いたのを見届け、いったんアパートへ帰ることにした。

サトミさんも「私が引き継ぎますから井戸さんはアパートへ戻ってください」と私を送るとともに、日本食材店で弁当を義妹と俊子の母親の二人に買ってきたいと言う。

病院でタクシーを拾い、日本食材店へと向かった。外はすごい雨だった。食料購入後店の外へ出ると、さらに雨は激しく降り続いていた。手を上げるもののタクシーが全然止まらない。待ち続けること20分、ようやく一台のタクシーが止まり、サトミさんも私も傘を差してはいたがびしょ濡れであった。

私はアパートで降り、サトミさんは再び病院へ向かってくれた。すでに午後3時を過ぎていた。私はすぐに眠ろうとしたが眠れない。夜の看護に備え、アルコールの力を借りて無理矢理就寝したが、眠りは浅かった。

何度も目が覚めた。気が張っているのと、昼過ぎという時間帯でほとんど寝られなかった。目覚ましが鳴った。しばらくしてサトミさんが俊子の妹と母親を連れてアパートへ来てくれた。入れ替わるように私は病院へと向かった。サトミさんには本当に迷惑ばかりをかけていた。

アパートの出口まで一緒に降りたところで、「せっかくの休みをつぶすことになり申し訳ありません。けど本当に助かりました。ありがとうございます」と言うと、サトミさんは「気にしないで井戸さん、予定もなかったし、どうせ暇していたから」と言ってくれた。返す言葉が出てこない。話もそこそこに私はすぐ病院へ、サトミさんは自宅へと戻っていった。

病棟へ着くと、藤田さんが来ていた。すでに藤田さんは、引き継ぎをしていた。今夜の担当はレイオさん、彼女は小さい子どもを家へ残し来てくれていた。引き継ぎも終わり、疲れた表情ひとつ見せない藤田さんに「お疲れ様でした。藤田さん、ありがとうございました」と伝えると、藤田さんは自分の疲れを隠して私を気遣ってくれた。

「井戸さん、ちゃんと寝られましたか？　食事はちゃんと摂っていますか？」。そう言いながら病棟を後にした。

「あと少しでドナーが出て、助かるんだ」という望み――誰が確認するわけでもないが、その思いだけが気力となり、理性が保たれていたような気がする。関わっている人すべてが追い込まれていることを私は肌で感じていた。皆、緊張と疲労でギリギリのところまできている。

今はもうねぎらいの言葉しかない……

4日、私たち3人(俊子の母親と妹そして私)は、加藤ドクターに別室に呼ばれた。現状の説明と今後起こるであろう事態に対しての、その決断と確認であった。

それは、とても厳しい内容であった。話し終わると、加藤ドクターは部屋から出ていき、私たちに考える時間を与えてくれた。

内容はこうだった。輸血をするものの、血液凝固の数値が悪いため、鼻や点滴を刺したところから出血する。本人も意識障害を起こし、現時点で、自力での呼吸が百パーセントできず、機器の助けを借りている。胃にも血液が入っている。肺にも水が溜まり、今後、さらに自力での呼吸はできなくなることが予想される。

そうなると人工呼吸器の装着のみならず、腎機能も悪いため人工透析《とうせき》も必要となるだろ

病院への途中よく前を通った教会。見るからに荘厳な雰囲気に包まれていた

う。しかし、このいずれかの処置に入った時点で移植はできなくなる。担当医より人工呼吸器、人工透析による処置が必要と告げられた場合に「どうしますか?」ということだった。

私は、加藤ドクターに、延命処置は行いませんと告げた。加藤ドクターはうなずいたあと、ICUから景色のよい病棟に移る話を切り出した。ICUは様々な機器の音があらゆるところから聞こえる。静かな環境で過ごせますから、と。間違いなく、すでに終末期に入る状況であるという説明であった。

私が、いつ頃そのような状況になるのかと聞くと、「早ければ今夜」と加藤ドクターは言った。

「もう百パーセント、持ち直すことは無理なのですか?」

「百パーセントとは言わないが、厳しい状態なのは間違いないです。ベストは尽くします」

「あと一歩なんです。先生何とかお願いします」

私がこう言うと、加藤ドクターはうなずき、部屋から出ていった。

病棟へ戻り、俊子を見た。血液は鼻や口、首から流れていた。苦しいだろう。当初はベッドで暴れだすことも多かったが、その回数も減ってきているようであった。

異変を告げるモニターの音

私はいったんアパートへ。そして夜、再び病院に戻った。今夜はレイオさんが担当でベーさんから引き継いでいた。レイオさんは、引き継いだ内容を私に教えてくれた。

幸い状況に変化はなかったが、血液は依然流れ続けていた。一滴でも胃に入ってしまう血液を避けてあげなくては、そう思いながら吸引器を操作するものの、なかなか思うように吸い取ってあげられない。

そんなことを繰り返していると明け方午前4時半頃、モニターから異変を知らす警告音が鳴った。体内酸素量の低下、数値はどんどん下がってくる。レイオさんに、ドクターを呼んでくれと頼んだ。肺へ酸素を送るためのバルーンを何度も繰り返し押す。ある一定のところで数値が安定する。しかし通常のレベルより明らかに足りない。当直のドクターが来た。しばらく様子を見ている。

「あんた。何ぼーっと見てんねん。何とか対処しいな」。レイオさんが通訳する。「当直医は家族を呼んでくださいと言っています」。

縁起でもない。もっと医療的に策はないのか？

当直医が言った。「人工呼吸器を装着し、透析に入られますか？」――。

加藤ドクターからの説明で薄々、私自身状況はわかっていたが、あえてというか、信じたくない思いもあり、逃げていた。が、いよいよその状況となった。もう逃げられないところに来た。一瞬考えた。どうしようか。今の私に冷静な判断はできない。

あの時、考えて出した答えを選択するのが望ましいと思った。もう俊子は白旗を上げていると……。

「しません」。私は答えた。

自力での回復は無理だとわかってはいるものの、私は心臓マッサージをおこないバルーンを繰り返し押し続けていた。名前も呼び続けた。

そこへ当直医が止めに入ってきた。

「何でや！」。私は叫んだ。

「すでに亡くなられています」と、当直医は言った。

「馬鹿な！　まだモニターの数値は動いているやないか」

「あなたの押している振動に反応しているだけなんです」

心臓マッサージを止めると心拍数値は「ゼロ」になった。

――嘘だろ。夢であってくれ。あと少しやないか。何でや。ここまで頑張ったのに……。

全身の力が抜けて立っていられなかった。

闘いは終わった

しばらくして、俊子の母親と妹が病院に到着した。大声で呼びかけている義妹、腕をさすっている義母、反応はなかった。呆然と立ち尽くしていたとき、後ろから肩を叩かれた。振り返るとそこには加藤ドクターがいた。手術中に訃報を聞き、病棟に来てくれていた。

私の目を見て、何も言わず、何度もうなずかれていた。そして、戻っていった。

現地時間10月5日午前5時、闘いは終わった。

何度も踏ん張り乗り切ってくれていた今までと同じように、今回も乗り切ってくれることを信じていた。あともう少し、あと一歩のところまで来ていたにもかかわらず、助けてあげられなかった。今まで本当に頑張って乗り切ってきたのに、どうしてこんなタイミングで……やっと目の前にまで来ていたのに……。

この世に生を受け、生きていくことが、これほどまでに辛く、厳しい毎日であった俊子の人生を思い、改めて耐えがたい不条理さを感じる。一体、妻は何のために生まれてきたのだろう。人生の半分以上、病と闘い続け、しかし最後まで生きることに望みを託し、俊子は懸命に頑張って生き切ってくれた。

そんな、彼女に今はただ、『今までありがとう。本当にご苦労さん。よく頑張ってくれたね』と、その言葉しかない。

今までどんなに苦しいときでも、常に相手を気遣い、そして、終始笑顔で人に接していくすごさ——私には到底できない。

最期、息を引き取る間際に抱きながら大声で呼びかけた私の言葉に、俊子は何度かうなずいてくれたような気がする。そのときの感触は今でも残っている。

終章

移植は必要な医療

（章扉）コロンビア大学プレスビテリアン病院前の通り。路の脇には食べ物や飲み物を売るケータリングカーがいくつも並ぶ彼女に生きる希望を、そしてチャンスを与えてくれた多くの人たちへの感謝――一生忘れることはありません。

妻を失った後は何をするにも覇気《はき》がありませんでしたが、俊子の死を一人の死として終わらすのではなく、生きた証としたい。また、俊子がその闘病とともに残してくれたこと、私たち二人が経験し感じたことが誰かの役に立つのであればと思ったのです。

当時のことを思い起こしながら、ここに文章として記録に残すことを決意しました。

臓器移植に対し、アメリカ人と日本人では考えが異なります。アメリカ人家族は、ドナーとなって他人の中で生き続けられることで「救われる」と考えます。一方、日本人家族は、今までさんざん苦しんで痛い目をしてきたのだからと、これ以上身体を傷つけるのを嫌がります。

どちらの家族の心情もそれぞれに理解はできるものの、日本の移植医療のあまりに後れた現状はやはり気になります。

日本は移植後進国

２００９年７月、12年ぶりに、臓器移植法の見直しが行われ、法案はＡ案で可決されました。一見改善され、よかったと思った人もいたかもしれませんね。

しかし、実はそこに大きな問題があります。

今までは、15歳未満の子どもからの臓器の提供は、法律上行えませんでした。したがって、15歳未満の患者が移植でしか助からない場合、特に心臓移植は海外へ救いを求めるのが唯一の生きるための方法でした。

今回の改正により15歳未満でも臓器の提供が可能となりました。これからは子どもを対象とした国内での脳死移植も行われると、安心した人も少なくないでしょう。

帰国前にベーさんと。後ろはマンハッタン大橋

しかし、今の日本における臓器提供の現状はどうでしょうか？

残念ながら、成人についても提供が足りません。まして15歳未満の子どもからの臓器提供は始まったばかりです。期待はあってもすぐに多くのことを望める状況にあるとはとても思えません。

これでは、患者・家族をさらに追い詰めることになってしまうのではないかと危惧《きぐ》します。まずは、日本におけるドナーをいかに増やすかが、最重要の課題ではないでしょうか。

日本でどうしてドナーが増えないのか、

さまざまなことが言われています。その意見をいくつか挙げてみます。

・個人がドナーカードで意思表示をしていても、残された家族らの意見を尊重してしまう仕組み

・善意という意味を取り違えていて、何か見返りを求める社会であるから

・親近者にそういった人がいないから、あまり深く考えない

・脳死についての説明が不十分で、「脳死＝人の死」と一般の人に理解されていない

――このように、色々なことが言われています。

移植医療の歴史は浅く、関心のない人も多いでしょう。しかし、移植医療は生きる望みを見出せる医療でもあるのです。

末期の肝臓癌患者も、移植できれば助かる可能性があります。近い将来、自身の細胞でさまざまな臓器を再生できるときが来るかもしれません。他人の臓器を求める移植医療が、それまでの橋渡し的な医療になることも考えられるでしょう。

しかし現時点で、時に末期の患者を助けられるのはこの方法しかないのです。日本では

一般医療として普及するにはまだ少し時間がかかるとは思いますが、現在、必要な医療であることは間違いありません。

にもかかわらず、技術、設備もある先進国である日本で、ドナーがいないがために対応もできず、海外に救いの手を求めるしかないのです。今の日本は臓器移植においては後進国であることに間違いありません。アメリカでは70歳前後の人でも臓器移植の恩恵が受けられ、手術を受けて元気になっています。アメリカでそういった人たちを何人も見ました。今の日本で考えられますか?

人生は一度です。死んでしまったら終わりです。少しでも長く生きたいのは、人間の持っている本心でしょう。「1週間前では、顔も土色で意識も朦朧《もうろう》としていたのに、今は会話をして笑っているんですよ」と、医療通訳の人が教えてくれました。移植医療とはそういう可能性をもった医療なのです。

ただし、すべてがうまく行くとはかぎらないのも事実です。手術を行ってみないとわからない。しかし、患者本人や家族の思いとしては「助かりたい」「助けてあげたい」ということに変わりはありません。生死と表裏一体とは言え、生きる可能性のある医療でもあります。今の日本で、どのようにしてドナーを増やすか——そこが一番の問題であることは間違いありません。

いつか自分たちで解決できる日を

移植医療は、相手の死を待つ、不幸を待つ医療と言う人もいます。そうでしょうか？ レシピエント（臓器をもらう側）は決して相手の不幸など願っていません。ある意味「運命」と捉えていると思います。そのような意見の出ることが非常に残念で仕方がありません。

脳死は、医学的に「死」なんです。そして、脳死というものがあるから、助けられる命があるというのもまた事実です。

2009年より、健康保険証、運転免許証へ臓器提供の意思を表示する措置が開始されました。一方、ここ最近の出来事として、生前の本人の意思を示すものはなかったが、新しい法のもと、ご家族の承諾を得て、提供が行われたというニュースを何度か耳にしています。ひとまずは法改正後臓器の提供が増えていることで、ひとつの大きなハードルを超えるきっかけになればと願っています。

ただ、私は今回の健康保険証、運転免許証に提供する臓器が印刷されているのを見て、臓器をもらいたい側であった私ですら正直、表現に抵抗を感じました。メスで身体を切り開かれる光景、怖さを想像しました。

細かい内容は抜きに、臓器提供を行う意思があるかないか、それだけでいいようにも思えます。提供する臓器を選ぶ必要などないのではないでしょうか？　どの臓器が移植に適するか否かは、ドクターが判断すればいいのです。また、「あなたが脳死になったとき、その状態を維持したいですか？」と、問いかけるようにすると、受け取られ方が変わるかもしれません。

いずれにせよ、世界的に提供臓器の絶対数が不足しています。ある国では死刑囚の臓器を移植するとも聞きます。空洞化し、進展のない日本の臓器移植システムの実情を横目で見ながら、患者・家族は、さぞや歯がゆい思いでいることでしょう。一日も早く自国で解決できる日がくるのを願うばかりです。

最後まで読んでくださったあなた――あなたたちの中にも「うちの家族じゃなくてよかった」と思っている人がひょっとしたらいるかもしれませんね。だから、日本の移植医療は進んでいかないのです。傍観者、日和見主義の後手社会ですから。

あとがき

私たちと同じ病に冒され、懸命に闘病、看病している患者・家族を数多く見てきました。その人たちの役に立てればという思いから、自分たちが経験したことをまとめてみました。自分たちも味わったその苦しみと悲しみ——経験した者だからこそ言えるということもあるかと思います。

内容については、色々とご意見もあるとは思いますが、なにぶん初めての経験で、表現のまずさは随所にあるかと思います。どうかご容赦を願います。

表題には、「ずっと一緒にいたいから」とつけました。妻俊子の42歳の人生は、最期まで闘いの日々で、「試練の連続」と言わざるをえませんでした。俊子は精一杯「生きたい‼」と言い続け、私も「助けてあげたい‼」と思い続けてきましたが、異国の地で儚《はかな》くその生涯を閉じました。もって生まれた寿命だったのでしょうか。

入退院の繰り返しに、私も何度も心が折れそうになりました。しかし、そんな中、神戸市立医療センター中央市民病院の田中紘一ドクター、小倉靖弘ドクター、山田貴子ドクター、瓜生原健嗣ドクター、そして看護師の方たちにどれほど勇気づけていただいたことか。感謝してもし切れないほどお世話になりました。これは、私たちにとって言葉にできないほどの幸運な「出逢い」でありました。

また、アメリカでの肝臓移植手術を決心した背景には、トリオ・ジャパン事務局長、荒波嘉男さんの指導と後押しがあったからです。荒波さんには、未知の世界に踏み出す勇気をいただきました。

コロンビア大学プレスビテリアン病院で〝ゴッドハンド（神の手）〟と呼ばれている加藤友朗ドクターと田中ドクター、そして荒波さんの3人が旧知の間柄であったため、意志の疎通も十分にはかれ、たくさんの人たちとの出逢いにもつながりました。

この小冊子がこれまでお世話になった人たちへの恩返しになればと、文才のない私が懸命に書きました。

最後になりましたが、神戸市立医療センター中央市民病院のドクターはもちろん、多忙な毎日にもかかわらず「救う会」の運営そして街頭募金活動に協力いただいた方たち、チャリティコンサートを開いてくださったアコーディオニストゆうこさん、アメリカでお世話になった藤田友里子さん、ブライアン・バン・ベルザーさん、そのほか大勢の方々にこの場を借りまして改めてお礼申し上げます。

皆様、本当にありがとうございました。

2011年3月

井戸雅浩

追記

思いというものは勝手なものです。

音信不通で生涯逢うこともないかも知れない。しかし、相手がこの世にいるかぎり、いつの日か逢う望みはあるのと、逢える望みも残されていないのと。

「逢えない」という状況は同じなのに、この雲泥《うんでい》の差はあまりにも儚い。

笑顔の俊子さん

公益財団法人神戸国際医療交流財団理事長
田中紘一

いまでも覚えているのは、渡米前の8月8日、一時帰宅を認められ中央市民病院から直接僕のクリニックに、ご夫妻が挨拶に訪ねてこられたときです。帰り際、出口までの10メートルぐらいの距離を、俊子さんは松葉杖をついて歩きました。側にはご主人の雅浩さんが寄り添うようにして立っておられた。お二人を見送りながら、元気になって帰ってきてほしい、そう念じるばかりでした。

ご主人から肝臓の一部をもらう生体部分肝移植によって、何とか健康を取り戻したいと希望されていましたが、早くにC型肝炎を再発してしまったのが残念でなりません。

原疾患の再発については本当にさまざまです。非常に早く再発する人もいるし、5年後、10年後に再発する人もいます。また、再発に対する治療の効果も、最近は四十数パーセントとも言われていますが、データ通り行かないことも少なくありません。

俊子さんの場合、再発してからは病状を維持するのがだんだんと難しくなっていきました。唯一残された治療法は再移植です。ただ、このときは生体での二度の移植（可能性はゼロではないものの）はリスクが大きすぎ、脳死による移植しかありませんでした。でも、俊子さんには日本でその機会を待つ時間は残されていませんでした。


患者さんは僕ら医療者が考える以上に不安を抱えているものなのです。また、治療についても僕ら医者とは違った見方、考え方をしていることもしばしばです。患者さんの理解や協力があってこそ本来治療は成り立つわけですから、僕らは患者さんが求めているところを知っておく必要があります。ただ、日々の診療の中で十分にそれができない場合もあります。

そこで、気になる患者さんがいたとき、あるいは、自分の治療に迷いがあるときには、ふらっと病棟に顔を出しては患者さんと世間話を交えて話すということを、僕は京都大学医学部附属病院で肝移植を始めた頃から習慣のようにしていました。いろんな話をする中で、互いに相手を知り、気持ちを通じ合わせてきました。

俊子さんともそうです。俊子さんは、とても芯の強い人でしたが、一方で、よく涙ぐむ場面もありました。それは、つらい治療に耐える涙であり、悲しい結果を前にしての涙であり、時には感激の、頑張ってよかったという涙……。

米国行きの話が出始めた頃です。俊子さん自身がどのように考えているのか知りたいと、病棟をいつものように訪ねることにしました。

移植というのは、本人になんとしても生き抜くということだわりがないと、周囲がいくら救いの手を差し伸べてもうまくいきません。俊子さんは、そうした強い気持ちでいてくれているのだろうか？　再移植にはこれまでにない困難や大きなリスクが伴うし、状態もよくない。おそらく、再移植の恐怖、しかも異国での治療に不安に駆られ涙を流しているのではないか……

この治療を受ける患者さんは、まさに生と死の狭間で生きている人たちばかりです。明日への希望が膨らむ時期もあるし、すべてを悲観的に見る時期もあります。気持ちは常に揺れ動きながら、今日はよかった、明日はまた辛かったと、そうしたことの繰り返しの中にいるのです。

果たしてこのときの俊子さんは、不安は覚えつつも、それ以上に「生きたい」と移植に賭ける意思を示したのです。このとき涙はありませんでした。笑顔さえ見せてくれたのです。

話をはじめに戻します。渡米の挨拶に訪ねてこられた日、俊子さんは僕の前で松葉杖をついて歩いてみせてくれました。思うにそれは、米国に送り出すことに不安を感じている僕の気持ちを見越して、心配ないということを彼女が示してくれたのではないか、という気がして仕方ありません。もちろん、移植に賭ける思いでもあったでしょう。

俊子さんとは、そうしたやさしさを持った人でした。

米国から悲しい知らせが届いてしばらくしてから、詳しい状況を知ることができました。渡航自体も厳しかったけれども、現地での状況はさらに過酷と言っていい状況でした。俊子さんはよく治療に耐えましたし、最後まであきらめませんでした。ご主人もよく俊子さんを支えてくれました。受け入れてくださった加藤友朗先生にも感謝いたします。

しかし、何より悔しいという気持ちでいっぱいです。俊子さんと手を取りながらうれし涙を一緒に流したかった。もう一度、あの俊子さんの笑顔を見たかった。

＊

2005年に京都大学を離れ、いま僕は神戸国際医療交流財団で第二の人生を歩んでいます。日本の医療をよくすると思えることを、できうるかぎりここでおこなっていくつもりです。

具体的には、医療の国際交流、そして次代を担う人材の育成が重要なテーマです。医療の国際交流を通じて、日本のすぐれた医療技術を知ってもらう、逆に他国のすぐれた面を吸収する、そのように互いが切磋琢磨することですぐれた人材をさらに育てていこうというものです。

それと合わせて、もうひとつ取り組まなければならないのが、医療としての移植医療への認知度がまだまだ低いということ。一般の人たちに限らず、医療関係者のあいだでもです。それを何とかしなければなりません。現に、移植を受ける患者さんは、どこの大学病院、市中施設でも、とても肩身の狭い思いをしています。

たしかに、移植手術をおこなうにはマンパワーを必要としますし、予後の管理も難しいものです。僕らがよく表現するのは、移植を受けた直後というのは、川の中に小さな石が並んでいて、患者さんが落ちないよう、そこを看護師とわれわれ医師が手を添えながら進んでいく。だんだん経過が良くなってくると、石も大きくなり、最後にはもう川がない状態になる。そこまで持っていくのがわれわれのつとめです。

そして、ここで大事なのが「共に歩く」という姿勢ではないかと思います。医師というのは、ひとつにまず治療の選択肢を示せなければなりません。しかしながら、選択肢を示すだけでは不十分で、選択肢を示した後に、患者さんと一緒に歩きなさいと、若い医師たちに伝えるようにしています。

患者さんの苦しみを一緒に共有する――そうした経験をもつことではじめて、医師としての自分に目覚めるだけでなく、医師としての成長もあるわけです。

実は、これがなかなか実行できません。僕らにしてもそう。本当にできているかと言われると、やはり辛いものからは逃れたい気持ちが働きますし、忙しさを理由に怠ってしまうこともいまだにあります。

思いますに、アメリカに付き添って行った主治医の瓜生原健嗣先生と山岡肇看護師は、大変いい経験を積ませてもらったのではないでしょうか。まさに患者さんの手をとるようにしてアメリカへ渡った。おそらく機内での緊張は相当のものだったでしょう。普段経験のない苦労があったはずです。

それは、他のスタッフにしても同じです。アメリカ行きの準備には多くのスタッフが関わりましたが、患者さんを外国に送り出す経験というのは、これからもそう何度もあることではありません。皆で知恵を出し合いながら、協力し合って準備を進めていく状態でした。ひとつひとつ問題をクリアするごとに、皆の心がまた一つになっていきました。

得難い体験でしたし、その中でそれぞれの者が「何か」を感じ取ったのではないかというふうに僕は考えています。それは、生とはなにかという問いであったり、あるいは、医療の仕事への自分の思いに気づかされたり……そうした意味で、井戸さんご夫妻が残してくれたものは大きいと思います。

移植医療の将来は、という質問をよく受けます。肝移植について申し上げれば、ご存じのようにB型肝炎はワクチンでかなりコントロールができるようになりました。C型は20年後には頭打ちになるとも言われています。あとに残るのは、先天的なものや代謝異常、さらには遺伝上の疾患になります。そうなれば肝臓の治療は、移植という方法に頼るというよりは、臓器の保全に向かって行くのが最も考えられるところです。移植は今ほど必要とされなくなるでしょう。

昔、医学生から「移植は過渡期の医療であっていずれなくなる。何で先生はいずれなくなる医療に命をかけているのか」と言われたことがありました。

僕らとしては、自分が担当する病気がなくなるのを願いながら取り組んできたわけです。ただ一方で、やらざるを得ない状況がある、目の前に治療を必要としている患者さんの姿があった。患者さんがいる限りは、一人でも多くの患者さんを救おうと常にベストを尽してきたのです。

僕らが医学の未来のためにできるのは、生体肝移植にしても、脳死の移植についても、さらに治療成績を上げ、予後を今以上に質の高いものにするということでしょう。たとえば免疫抑制剤の量を減らすという点でも、まだまだ改善の余地は残されているのです。

とくに日本の場合、脳死移植は他国に比べ取組みが遅くなってしまいました。日本の医療レベルからすれば移植術自体はすでに習熟のレベルにありますが、社会的な取組みとしてはまだまだこれからと考えて、謙虚に取り組んでいく必要があるでしょう。

*

最後に、俊子さんのご冥福を心よりお祈りいたします。

俊子さんはあるとき、「今度は私が夫を支える番です。そのために移植を受けて元気になりたい」と言っていました。また、ご主人の雅浩さんは、募金活動を始められる前、俊子さんをなんとしても助けたい、あらゆる手だてを考えてほしい、自分にできることはすべてやるつもりです、と必死の決意を語ってくれました。

お二人の期待に応えられなかったことを胸に刻みつつ、筆をおきたいと思います。

田中紘一（たなかこういち）
1966年3月　京都大学医学部卒業
同　年4月　京都大学外科入局
1968年6月　島根県立中央病院外科勤務
1975年4月　京都大学第二外科研究室勤務。その後、助手、講師、助教授
1995年12月　京都大学大学院医学研究科移植免疫学講座教授（2005年3月まで）
2001年4月　京都大学医学部附属病院病院長（05年3月まで）
2004年7月　財団法人先端医療振興財団先端医療センター長（10年3月まで）
2005年4月　京都大学名誉教授
同　年4月　神戸市立医療センター中央市民病院副院長（05年11月まで）
同　年4月　財団法人先端医療振興財団副理事長（09年11月まで）
同　年12月　神戸市立医療センター中央市民病院技術顧問（現職）
2009年1月　公益財団法人神戸国際医療交流財団理事長（現職）*
＊09年12月14日、公益財団法人認定
2010年4月　財団法人先端医療振興財団技術顧問（現職）

著者略歴

井戸雅浩（いどまさひろ）
一九六四年生まれ。兵庫県神戸市在住。

ずっと一緒にいたいから

二〇一一年七月二五日　初版第一刷発行

著　者　井戸雅浩
発行所　株式会社はる書房
〒一〇一－〇〇五一　東京都千代田区神田神保町一－四四　駿河台ビル
電話・〇三－三二九三－八五四九　ＦＡＸ・〇三－三二九三－八五五八
http://www.harushobo.jp/
装　幀　ジオン・グラフィック（森岡寛貴）
組　版　閏月社
印刷・製本　中央精版印刷

ISBN 978-4-89984-120-3　C 0036